Best Time

白 马 时 光

嘭 嘭
——著

有你的二十四节气

The 24
Solar
Terms

百花洲文艺出版社
BAIHUAZHOU LITERATURE AND ART PRESS

若你无法笃定将来

请耐心等候

春日破冰的时刻

有你的二十四节气

夏

春

冬

秋

东风使心解冻

蛰居之虫与人纷纷苏醒

只有碎冰还浮在水面

这是一年的起始

朝朝暮暮

你如何驯服她

若你无法笃定将来

请耐心等候

春日破冰的时刻

1/24

立春

the Beginning of Spring

好的事情
总会到来

立春

the Beginning of Spring

立春喜欢古典乐，最喜欢李斯特，然后是德彪西和巴赫。

立春最喜欢的小说家是村上春树和奥尔罕·帕慕克。

立春喜欢粤语歌，喜欢黄伟文和麦浚龙。

立春不喜欢旅行，却喜欢朝圣，村上的东京、奥尔罕的

伊斯坦布尔、李斯特的匈牙利、麦浚龙的雷克雅未克。

立春的眼里有千千万万个世界，而阿明眼里只有她。

阿明什么也不懂，但是会为她搜集李斯特各个版本的黑胶唱片，带她去红磡看每一场演唱会，从各个渠道打听村上最爱的单品送给她，尽管如此，立春还是要跟他分手。

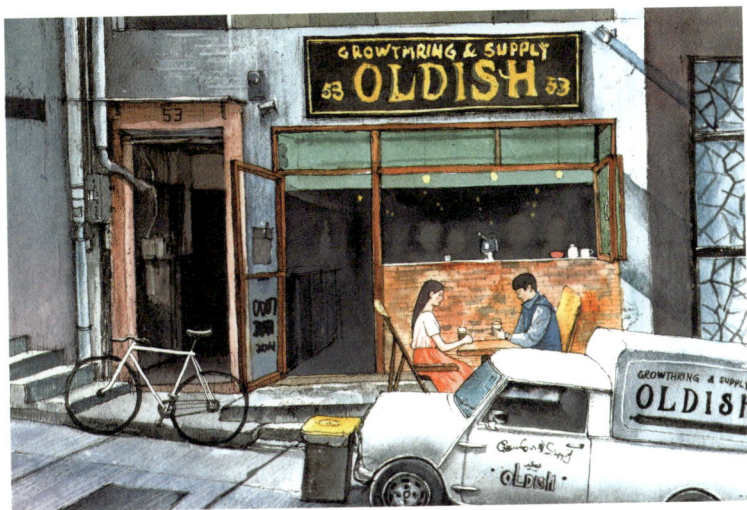

"我喜欢能一起聊天的男孩子呀。"立春说，可是阿明不是。

"我可以学的，也可以改的。"阿明坚持说。

"恋爱之中最可怕的就是要被迫改变自己呀。"立春说，然后她拿起包就走了，咖啡都还没喝完。荷里活的这家咖啡厅，他们每个星期都要来，这次也许是最后一次了。

阿明一直都隐隐约约能感觉到，立春不够喜欢自己。至于两个人为什么会在一起，只是立春那时刚分手，脑子一热，需要有个伴儿，刚好阿明出现了而已。刚在一起时是很开心的，他们去西贡吃海鲜，去大屿山看落日，去荷里活喝下午茶，每次约会，立春都能花样百出。

分手的理由，立春摆了一百万个——她要实习，她要考GMAT，她要旅游……最后一个理由是，她不喜欢阿明。

阿明其实一直都知道会分手，立春是那么难以掌控的女孩子，性子太野，以至于无论怎么看都那么迷人，朝朝暮暮，都让他猜想怎么才能驯服她。

对阿明而言，立春是恋人，是需要时时刻刻被照顾的姑娘。而对立春来说，阿明只是度过失恋期的一个伴儿。阿明双手送上了自己的真心，给了立春让他遍体鳞伤的权利。

阿明有点伤心，他去吧台要结账，却被吧台的女生告知立春已经结过账了。

"是小费。"阿明胡乱塞了一张钞票给吧台的女生。

女生尴尬地退给了他，是日元。

阿明脸红地收下了，这还是和立春刚在一起时，在东京兑的日元。

女生也不说话，继续做咖啡。吧台一直持续在相对的平静之中，谁也不说话，只有做咖啡的机器不时发出噪声。

不一会儿，一杯咖啡递到了阿明面前，是摩卡。

女生说："你知道吗，摩卡的三分之一是意大利浓缩咖啡，三分之一是热巧克力，三分之一是热牛奶，要依次放进去，才能有摩卡的味道，否则就是其他的劣质品。"

"谁都遭遇过不合适的恋人，那有什么办法呢？因为好的东西都要按顺序才能得到的嘛！"

"给，尝尝！"

阿明愣了愣，又抿了抿嘴，在咖啡店一直待到女生换班，直到她快走的时候，阿明才鼓起勇气问："你叫什么名字？"

立春以前说，想去托斯卡纳，说好的事情总会到来，当它到来时，也不失为一种惊喜。

这座城市这么小，每天，每天都有惊与喜。

"你下次来，我就告诉你。"女生说。

扫码即听
《好的事情总会到来》

少年的眼睛被淋湿

又涩又迷离

一辈子总得做些任性后悔的事

譬如年轻时候的出走

听闻雨水当天

出嫁的女儿要回家探望父母

给母亲送一段红绸和炖一罐肉

返乡或回溯过往

亦是一种成长

雨水

Rain Water

让少年的感情
淋一场雨

雨水

Rain Water

▶ 1

在一座城市，至少要待上两年，才能逐渐摸清楚它的脉搏。

你需要认识新的人、睡新的床铺、换新的工作、赶赴新的聚会、学习新的语言……不光是新的文法常识，还有新的粗口、新的语言习惯、新的口头禅，如同认识一个新的伴侣，不断同他争吵、和好，争吵、和好，然后磨合到棱角渐无。

在香港的第三年，小雨准备离开。

她在海港城的无印良品兼职，轮班休息时去荷里活的咖啡店打杂，周末在中环发传单。不需要技术的工作，随便干上两年，都能比新入职的正式职员做得好，更何况她又极善于跟人打交道。

小雨高中没毕业就来了香港，粤语学得精熟。她肤色偏黑，容貌又有着南岭姑娘的小家子气，很容易被当成本地人。

她有一个每周定期幽会一次的男友，叫阿明，还是个学生，地道的北京男生，浓眉大眼，身材挺拔，在H大念营销，这在香港并不是一个讨巧的专业。

"有什么办法呢，我又喜欢香港，又喜欢营销。"阿明说。

▶ 2

阿明是她的第一个男友，严格来说，是第二个——在家乡时，家人曾为她安排过一门亲事，同那个男人见过几次面后，小雨便逃了。她的家乡潮市是个奇怪的地方，富有而平庸，现代而保守，像一个巨大的黑洞，能够同化所有现代化的科技新潮，纳入它原来的旧制度之中。她对阿明说，潮市被几个家族势力划分，每个家族都有族长，犯了道德错误都会被惩罚，阿明觉得不可思议。

同阿明在一起是新奇的。

他教她写数列，她念高中时怎么也学不会。枯燥乏味的数字在他笔下变成了规则严谨的队列，加减的美感更是妙不可言。他们整个晚上缩在他的小房子里看押井守、看大友克洋、看黑泽明而毫不倦怠。

阿明对事物的理解有他自己的一套美学认知，仿佛任何事情都有它存在的美感。同他相处，就好像黑暗的夜晚秉烛穿行在密林，前方是否有归途尚不可知，但耳畔夜莺啼歌，确如人间天籁。

这是一扇新世界的大门，阿明愉悦地拉她进入。

而她，却不能为他开启任何大门。

▶ **3**

少年人的感情往往不会是七年之痒，而是七月。

拍拖到第七个月时，小雨在尖沙咀的钟楼看见阿明牵着另外一个女生，阿明的眼睛里有光，两人说说笑笑，似乎很开心。少男少女在拥挤的人群中紧紧牵着手，任人流如何湍急都不放手。

她恍然间想起一句诗：

你来人间一趟
要去看看太阳
要和心上人走在街上

那一刻，她好像被太阳照得无处遁形，恨不得从人间消失，仿佛她才是那个多余的人。

"小雨和阿明，多不对等啊！"她在心里对自己说。

她对这个世界一无所知，连数列的计算都要绞尽脑汁，他说的任何一个网上的笑话她都听不懂，更别说新的企业营销模式、市场细分、产品定位，甚至他口中简单的管理学理论，在她听来都是天方夜谭。

"阿明啊，我们分手吧！"小雨逮着机会说。

"好啊！"阿明没有一丝迟疑。

▶ 4

好聚好散。

他们对坐在他们认识的地方——荷里活的咖啡店。

阿明刚签了工作合同，看上去似乎很开心，"其实也很简单，无印良品的销售。"是小雨以前兼职的公司，她干得比正式职员都要好太多。

"如此，那恭喜你呀。"小雨说。

"能不能升职，还要看业绩啦，奈何我实在是喜欢无印良品，每个产品都有它自己特有的性格。"阿明笑着说。

可能这就是她和阿明的区别，她工作、兼职，日夜马不停蹄，都只是为了谋生，而阿明是为了他自己开心。这样真好啊，一点棱角都没被磨去。

"对了小雨，你为什么要来香港呀？"阿明问。

小雨一怔，她确实没有细想过这个问题。当时她才17岁，被家里逼着订婚，就慌慌张张随着黑船偷渡到了这里，用假身份证做各种各样的零活，在路上看见警车都会心跳慢半拍。她都快忘了，自己以前也是个喜欢安妮宝贝、黄碧云的文艺小女生，在学校也有自己偷偷喜欢的光芒夺目的男孩子。

"高中看了香港的画报，想着就来了，一待就是三年。"想了想，还是决定骗他，可能这样任性而充满喜好气质的答案才是阿明喜欢的吧。

"这样啊，真是很棒呢，不像我，还要考各种东西才能来。"阿明说。

他们互相道了别。

"再见。"阿明说。

"还是再也不见了吧！"小雨笑着摆手。

出了咖啡店时已是黄昏，香港的天空永远蒙着一层灰，太阳散发着苟延残喘的热。她看看自己的手，粗糙有力，是长久为生计所迫的手。如果当时没有逃出来，也许她会安逸地做某个店铺的老板娘吧？

她突然想回家乡，同家乡的那个男人结婚。

不知……还是否有回家的船在等她？

扫码即听
《让少年的感情淋一场雨》

动物入冬藏伏

不饮不食

好似可寂寞一辈子

称为蛰

待到惊蛰

隐秘的故事被摊开

惊出一身冷汗

每个不起眼的人生

都是看不到牺牲的战场

松弛下来才会察觉肌肉酸痛

春雷过后才知

我活成这样

只有你最明白

3/24

惊蛰

the Waking of Insects

爱
是赤诚相待

the Waking of Insects

▶ 1

10岁的神童。

15岁的天才。

到了20岁，就泯然众人，成为芸芸众生中的普通人。

惊蛰今年21岁，大学已经毕业一年，认识的人都惊讶于他年龄如此之小。

严格来说，他算是无业游民，在不知名的乐团里做第一小提琴手，经常充任鼓手、萨克斯手、单簧管手和小号手，每到黄道吉日，就去城郊乡下做红白喜事。他有一票玩摇滚的好友，一起混迹于威灵顿街一些酒吧做伴奏，pub、club甚至bar都来者不拒，有活就接。

惊蛰可说是少年得志，他出身于音乐世家，母亲是北京的歌唱家，父亲是国内知名乐团的第一钢琴手。他自己从小念的是音乐附小、附中，大学念的是在世界上享有盛名的音乐学院，修读两年就顺利毕业，不可谓不天才。而如今他每日赶场讨生活，也不可谓不落魄。他倒是自得其乐，甘之如饴。父母只知他在香港搞乐队，却从不过问其他事情。

他有一个大他十岁的女友，是新界人，叫阿May，出手阔绰，送衣送车，不定期见面。好像很多香港女生都叫阿May，送快递的阿May、兰桂坊的贝斯阿May、楼下洗衣店小妹阿May……这个阿May和其他阿May的区别，好像也就是有钱而已。说到底，还是不怎么喜欢，但又离不开——没了她，谁来给他付每月的酒钱呢？

▶ 2

阿May送惊蛰的第一件礼物，是一把她高中上兴趣班时用的小提琴，斯特拉迪瓦里制作，市场均价500万美元，还带他去定做了几套西装。她希望他能安定下来，去香港管弦乐团、交响乐团或者内地的爱乐乐团面试。香港的有钱人好像都这样，永远都不知道他们有多富有，路上车水马龙，皆是豪车，开车的女子都面容精致且自食其力。

那自己这样算什么呢？惊蛰问自己。

算是被包养吧！他自问自答。

他把那几套西装扔在一边，拿上小提琴，仍旧去了威灵顿街赶场，阿May也没有多说什么。是啊，像她这样的有钱人，这么一把天价的乐器，也许不算什么吧？

他的叛逆期来得太晚了。从小遵循父母的意志，做让他们开心的事情，一脱离他们的管束奔往社会，便露出穷凶极恶的奢靡姿态。他这么稚嫩，独立一人面对这个险恶的世界，却没有资格自怨自艾，他已经成年了啊，21岁了啊！

从小，父母就告诫他要听话，不要让父母操心，开场白随着年龄增长而更换——

"你都9岁啦，是大孩子啦！"

"14岁啦，可以一个人寄宿啦！"

"都成年了，还赖在国内是怎么回事嘛！"

"20岁了，毕业了，混不好别回北京！"

混不好就不能回去，那就，一直都混不好吧！

▶ 3

阿May不喜欢惊蛰那些玩摇滚的朋友，extreme metal、screamo、art pop在她看来皆是无良愤青，偏偏她对每支摇滚乐队、摇滚种类都了如指掌，批评起来头头是道，甚至精确到每一个四拍的升降调问题，总能把他堵得无话可说。

"你这样的资质，不应该只在摇滚小圈子里边，完全可以去大乐团的。"阿May劝他。

"可是我喜欢啊，你就当我是叛逆期，别管那么多行吗？"惊蛰说。

"好好好，我不说啦！"阿May哄他，温柔的眼睛里储埋着海洋。

在阿May看来，音乐玩好了就要去乐团，就要发畅销大碟，就要世界巡回演出，就要受邀为各国首脑表演，就要在家里藏满陈年的红酒没有作曲灵感时打开来喝——这样的生活小资得让人难以企及，就连他的父母都不能做到，更何况是他？

为什么玩摇滚呢？其实也谈不上喜欢，可能就是因为父母不会满意这样的他吧。现在连女友也不喜欢，确实是很讽刺。那还要继续玩下去吗？玩呀！终有一天能让父母生气的吧？

▶ 4

阿May和惊蛰，两个人相处的模式奇怪得很，见面只有吃饭、逛街、做爱，其他什么都说不到一起。这样看来，其实更像是长期的sex partner。他们把自己真正的一部分都藏了起来，然后拿出最世俗的一面游戏人间，看起来畅快自如。

直到今日，他才知道了阿May的秘密。

晚上刚演出完，兰桂坊的酒保就用阿May的手机打电话给他，说是阿May喝醉了让他来接。这是惊蛰第一次进阿May的家，逼仄的不足50平方米的小房间，狭窄的客厅里还堆了一台三角钢琴，是斯坦威，房间里零零落落全是各种乐器，大提琴、中提琴、小提琴、双簧管、单簧管等等；墙上挂满了各类钢琴家的肖像，有的是原版的油画；卧室里放满了各种青少年钢琴赛的奖杯、证书，其中不乏享誉世界令他都望而却步的比赛。

还有一张类似全家福的照片，左边那个老人他认识，在以前可说是国内top1的钢琴家，他年少时的偶像，似乎因为一次意外再也没有出现过，只能从隐秘的渠道得知其消息。照片上其他的人，也都是他

熟知的有名的音乐家。

原来，她的出身竟然这样……显赫。

对，是显赫！

▶ 5

"十几岁的时候，家道中落，全家人都丧失了演出的机会，只能举家出国，逃到美国。因为家庭的关系，我被禁止练琴或者参加比赛。

"不知道你懂不懂那种感觉，明明好像一出生就注定要从事的行业，突然从人生轨迹中被抽离，那时候仿佛生活一点奔头都没有了，全是无尽的黑暗。

　　"我和我母亲都得过一段相当长时间的抑郁症，住在疗养院里将近三年。最后母亲没有熬过去服药自杀了，我一下子被惊醒，之后开始学习文化课，艰难地考上大学，用贷款上完了大学，然后回香港找了份体面的工作。

　　"这份工作做得很好，开给我的薪金也相当丰厚，甚至比以前家中全盛时期还要好，一个人足以养活全家。可是全家人都留在美国，不愿意再回来去面对不好的回忆。如今还在世的，只有哥哥了。

　　"所以我喜欢你，是真心实意地喜欢你，倾尽所有地对你好，不愿你跟从前的我一样，被迫放弃所爱。"

▶ 6

　　"你怎么知道我是被迫弹不了钢琴的？"惊蛰问。

　　"……"

　　"你左手拿筷子，吃西餐时左手用刀，但是拉小提琴还能右手拉弓，听到钢琴曲时左手会不自觉地在空气中弹出来——你的右手手指是不是出了问题？"阿May犹豫了大概五分钟，气氛凝滞良久，她终于试探性地说了出来。

▶ 7

　　惊蛰大学毕业之后，在一次偶然的比赛中发现右手食指、中指用不了力，去医院检查之后被送往精神科，说是压力太大。可是他平常无压力练习时也按不下键，刚好他又被父母勒令不准回北京，索性就滞留在香港无所事事，靠拉小提琴谋生。

可是这种事情他怎么能告诉阿May呢？在她眼里，他一定还是个完美无缺的钢琴少年吧？

▶ 8

"阿May啊！"

"嗯？"

"能不能再带我去做套西装啊？我想去面试。"

"面试什么？"

"随便什么乐团的小提琴手。"

"那钢琴呢？"

"不喜欢呀。"

▶ 9

我知道你知道我的秘密，

可我还是选择藏起来。

扫码即听

《爱是赤诚相待》

春季九十天的中分点

昼夜几乎等长

人的心与身阴阳平衡

在阴雨不断的日子

与其心烦倒春寒的潮湿

不如和喜欢的人出门赏花饮酒

脖颈后黏糊的哈气

与对方眼中的爱意

一齐散发出恋爱的酸臭味

在生活之余

你也可以幻想出一个爱人

4/24

春分

the Spring Equinox

连厕所里
都是恋爱的
味道

the Spring Equinox

春分

> **1**

有多久没有喜欢过一个人了？

春分掰掰手指头，算了一下，嗯，15年了。可是她才19岁啊，上一次还是偷偷喜欢幼稚园的小男生班长。

> **2**

真心话大冒险的时候，无论问什么问题，春分都神奇得一片空白，没有恋爱经历，没有喜欢的人，更别提"有颜色的笑话"。于是她被强制大冒险，跟隔壁桌的男生要电话。

春分其实生得很美，双瞳锁水、身形修长，从小学民族舞，举手投足尽是风情，追求她的男生也不在少数，可她天然有一种呆劲，全都礼貌地拒绝。或许女生心里都藏了一个旷日持久的公主梦，需要一个十项全能的soulmate（灵魂伴侣），而不是得过且过、毫不触电的companion（伙伴）。

有很多女生在长大以后都会忘了这个美梦，沉迷于来来往往的男伴、男友中，恋爱、分手，再恋爱、再分手，攒够了恋爱心经，像患了恋爱病一样惶惶不可终日。

而春分仿佛对恋爱有着天生的抗拒，明明自己还不够好，怎么能去为难别人呢？明明别人还不够好，怎么能来勉强自己呢？

被要电话的男生生着一双桃花眼，眉眼生风，被要电话时给得也十分爽快。

太夜店小王子了！春分在心里给他打分。

嗯，80分吧，毕竟脸还是不错的，穿着还算是体面。

▶ 3

春分有个隐秘的习惯，喜欢给不认识的男孩子打分。

演讲协会戴木框眼镜的会长前辈，40分，太矮了，加分项是声音好听。

金融工程的专业课帅老师，70分，鼻子里的脏东西老掏不干净，减分项。

投资银行实习时温文尔雅的部门经理，60分，老是动不动迟到，减分项。

好像还没有谁能上80分呢，看来80分的桃花眼男生还是可以的。

可惜还是没有100分，一把大叉。

▶ 4

到底什么时候才能遇到一个100分男生呢？
要是遇不到，就一辈子不恋爱了。

▶ 5

第二天去上班被分到一个新的case，听说带队的leader刚本科毕业，面试一次就被录用了，都没有笔试，直接成为正式员工。关于他有没有走后门，整个team众说纷纭。春分想起自己经过艰难的五次面试才进来这个公司，心里暗暗给他打了个走后门的印象分。

直到leader走了进来坐在正座上，春分才想起来，噢，桃花眼男！

他看了她一眼，然后开始做个人简介。噢，叫Alex，典型夜店小王子的名字。

春分觉得整个金融行业都很不公平，为什么这些人生得这么好看又都是学霸，还长着一张理所当然的流氓脸？她费尽全身气力才勉勉强强考上港大，拿着接近满分的成绩在专业排名还是吊车尾，每次熬夜做PPT给team leader看，还是被骂得狗血淋头哪儿哪儿哪儿不行重做！她这样普普通通的傻姑娘，就算谈恋爱，也都会不及格吧？

凭什么Alex刚刚大学毕业，一进来就能做leader，还夜店玩得那么溜？

春分越想越觉得世道不公、人心不古，所有人都应该关进家门回炉重造炼得跟她一样傻。

太气人了！减分减分，59分！多给一分都不行，就是不能及格。

你看嘛，漂亮姑娘都这样，不患寡而患不均。

▶ 6

Alex待春分跟待旁人并没有什么不同，该骂的时候骂、该表扬的时候表扬、该加班的时候加班、该庆功的时候庆功，好似并不认识她一样。最严重的一次，半夜把她从dorm里轰起来，责令她立马改Pre用的PPT。

不同的是，case结束，在酒吧庆功的那天晚上，他递给她一个装着《蝴蝶夫人》歌剧门票的信封，也不多说，只是叮嘱她穿正式一点。春分心中腾然而起一种好感，她是个有选择困难症的问题少女，不能问她去哪家或者去还是不去，只能对她说，现在就去，其他都已经安排好了。

嗯，加分，加到79分。多给一分都不行，80分太高了，谁让他半夜轰她起来做PPT！

▶ 7

Alex生得真美啊！

看到他，春分才意识到自己从小被夸漂亮都是别人的奉承话。

鼻子山根那儿挺得跟隆过似的，整张脸秀气得不行，套个假发估计上街都能被男生要电话。好像也不矮，目测有185厘米，不知道有没有垫增高垫——天，1.85米，这在香港男生里面，简直算鹤立鸡群了。春分简直受够了每天在公司平视一群1.70米的广东男生了。

哎，那要加分吗？

加还是不加？

算了，加吧，反正他也不知道。

加多少？

嗯……5分吧，不能再多了，85分就有4.0满绩了。

啊，还会听歌剧哎！继续加分？加……一点点吧，85分。

果然，还是个外貌协会的啊！春分有点唾弃自己。

▶ 8

春分其实过得很通俗。

深刻的东西一概不懂，爱看的小说都是网文，爱听的歌都是流行榜单上找得到的，喜欢的电影都是院线大片，所以随便一个人说些小众的东西，对她而言，都是一个崭新的世界。

可是，还是看脸。有摇滚男生在她面前头头是道地说各种摇滚门类发展史，她不为所动，因为你不好看呀！春分在心里说，都不存在在一起的必要条件。

但是，如果只有好看的脸蛋，好像也没什么用，都没有一起玩乐的可能性。如果格调太高的也不行，相较之下会衬得她无比俗套，这样一定要减分。最好的就是能跟她自己一样，胸无大志，躲在家里数工资，逛街买衣服做SPA，回家最开心的事是开一瓶啤酒把自己灌醉。

可是Alex看起来格调有点高哎！还是拖进黑名单吧。

9

Alex第二次约春分见面，送了她一件大衣。

当时吃完饭，出商场时气温骤降，微冷，Alex索性带她到商场买了衣服，他一眼就相中了她心心念念想买的那件。真贵啊！够她一个多月生活费了，还得问妈妈要钱还他大衣钱，可是她还是昧着良心收下了。真讨厌这种送到心坎上的礼物，要退又舍不得，不退又良心不安，还钱给他又怕他不收。无论如何都要还钱给他，春分下定了决心。

Alex果然没有收。

"也不算什么礼物，就当这个月的奖金吧，公司发的奖金我就都扣了可好？"他说。

这让她回什么？这个月奖金好像有八千多！那个case顺利做完的话估计还会涨！春分的脸拧巴得不像样子，只能说："啊……好的……多谢……"

果然，结果还是这样，春分心里空落落的。

"晚上去喝酒可好？"Alex问。

"不喝，没钱！"春分有点气结。

"是去你学校旁边的小清吧。"Alex继续说。

哎，这个人怎么这么讨厌，每次都掐在她喜欢的那个心坎上，一点都舍不得拒绝。

加分加分，90分，不能再多了。

▶ **10**

这么说起来，其实攻下春分也不是什么难事。

只不过是从前追求她的男生们都太捧着她了，掏心掏肺地想把最好的东西给她，其实她根本不需要。她只不过是想有个人，一起喝酒一起吃饭，一起谈成绩高低、工资涨落这些日常琐事。那个需要她崇拜的人，过去的19年中都没有出现。

Alex能让她崇拜了吧，相貌俊美，工作能力极强，生活格调又自适应。

宠她又懂她。

这是喜欢了吗？

"是。"春分说。

Alex脸上笑得无比灿烂，因为他刚才郑重地问了一句："你喜欢我吗？"

▶ **11**

这天是春分20岁生日，不尴不尬的年纪，她恋爱了。

初恋哦！

就算他只有90分。

扫码即听
《连厕所里都是恋爱的味道》

不知道你有没有看清过

恋人的凶狠劲

与对手的慈悲心

万物洁齐而清明时

人最难过的是自己这一关

擦干玻璃的灰烬

终当相识一场作别离

5 / 24

清明

Pure Brightness

三十岁了，
一半在长大，
一半在等你

清明

Pure Brightness

1

江南丘陵。

山丘一层叠着一层，远山的雾霭流动着微茫的光芒。清明时分，杜鹃花漫山遍野，明媚烂漫，如同恋人忧伤的笑靥。满山遍野的花圈是在悼念着什么呢？这些年，回家的方式换了又换，只是绕过重山又叠嶂，心里微微浮现的面容似乎再难以更改了。

杜康。

单是轻声念出这个名字，就足以叫人泪流满面。

小城市总会给人一种造化弄人之感。清明出生的城市那么小，大家同一所小学、同一所初中、同一所高中。交际圈交叉，走在路上，就算叫不出名字也能认识脸。大家互为对方的前男友、前女友，相聚在结婚的喜宴上，都有可能是前对象们的聚会。

比如说，清明的初恋男友——杜康。

杜康的两次婚礼，清明都去了。

在丘镇，在新界。

新娘都是同一个人，却都不是清明。

南方小城丘镇，到香港要倒三趟车。丘镇到衡阳，衡阳到广州，广州到红磡，递进似的越来越繁华，仿佛把过往懵懂的年少时光狠狠碾碎在车轮下。

年少时候恋爱得高调。清明是叛逆的女生，杜康又是耀眼的男生，一双恋人，玩世不恭得紧，期考表彰大会一起牵手上领奖台，高台下面乌压压一片，全在发笑。

杜康去了香港念大学，而清明艰难地考去了广州。按照惯常的套路，异地恋、吵架、冷淡、不平衡、七年之痒。大学毕业那一年，像是万蚁侵蚀的高台轰然倒塌，他们在激烈的争吵中分手。

2

杜康的女友换得很勤，以至于说要结婚的时候，清明都以为他是在开玩笑。

她把自己同他的每一任女友都比较过，有比她好的，有比她差的，这一位出乎她意料，平庸得出奇，鼻梁塌陷、个子矮小，更不会说广东话，普通话不标准得令人发指，跟杜康站在一起，毫无存在感。

"你中意她噢？"婚礼上客人来来往往，清明在洗手台边碰到了他。

"很适合结婚。"杜康看起来很开心。

"不是说不会结婚的吗？"

杜康一怔，眉头锁了起来，讪笑着说："现在毕竟成熟了。"

▶ 3

大一那年杜康患了中度抑郁症，清明每周陪他去医院开药。有一次杜康说想吃家乡的腐乳，清明周五逃了一整天课赶车回丘镇买腐乳，周六上午赶到香港送到他面前，却被他冷冷地推开。清明问他是不是生气了，他也不说话。

杜康一直都是骄傲的少年，从小在称赞中长大，会弹漂亮的钢琴，会说流利的英语，清俊的样貌把他从穿着邋遢校服的高中男生中隔离开来，仿佛全身都在发光。上了大学后，他发现自己不再是唯一耀眼的男生，出类拔萃者大有人在，他被淹没在芸芸大众之中。

他越来越不喜欢自己，顺带着，越来越不喜欢清明。

"我连自己都喜欢不了，怎么能喜欢你呢？"杜康说。

"没事儿，我喜欢你就够了。"清明把腐乳偷偷搁在他包里。

"这对你来说不公平。"

"我可以骗自己嘛。"清明笑着说。

清明骨子里有种自带的阿Q精神，换句话说，就是喜欢骗自己。

骗自己喜欢杜康，骗自己杜康喜欢自己，骗自己杜康一直忘不了自己，骗到后来，她都分不清到底是真的喜欢还是在自欺欺人。

跟杜康分手的第一天，她做过挽留。她陈列了自己种种的好处，如何能与他共度一生，如何不会给他压力，可是杜康说："不为什么，咱们算了吧。"

"我年轻。"

"过十年你也老了，可我还是喜欢二十几岁的小姑娘。"

"我漂亮。"

"也是会被比下去的。"

"我同你志趣一致，只怕以后你再难遇到。"

"遇不到那天再说。"

"我这样的才情，不要说女生，男生里面能比得上我的也不是到处都有，更何况还对你一往情深，你真的确定？"

"确定。"

"我也可以不结婚、不生孩子。"

"我都说出这么伤人的话了，你为什么还不放手？"

那好吧，那就放手。

▶ 4

"你知道吗，我看不得你好。"杜康掐断了烟头，随手扔进洗手台。

他皱着眉头的样子跟热闹的婚礼格格不入。再也不能抚平他的眉心了，清明想着，不禁哀从中来，甚为讽刺。

良久，两个人默然不语，仿佛这些年的种种，不过是一场笑话。他当时看不得她好，她其实早有察觉，只是当时爱得太过投入，主动将双眼蒙蔽罢了。

大学时，她化着漂亮的妆、穿着漂亮的新衣服去见他，他只会冷冷地推开，反复强调说"你变了"。其实谁会不变呢？以前那个夺目耀眼的男生，变成了如今服从人情世故的中年男人。而自己当时只会流着泪挽留，恨不得把心掏出来，证明自己还是那个天真叛逆的小女孩，还能乖巧盲目地给他设置光环，并且永远不会被世道改变。而今这样，再回头看，不过是自欺欺人而已。

"明明都是一样的人，凭什么你过得比我好？"杜康掐断了烟头。

听完杜康的话，清明突然觉得很好笑。她的一生才过去三十年，一半时间都在同这个人纠缠，被苦恋透支得百折不挠、无坚不摧。做他的恋人、做他的解语花、做他的十六号爱人、做他日日夜夜不愿面对的隐疾……下次，总会比这次好吧？

▶ 5

清明后来的第二个男友也是丘镇人，叫顾行止，是清明的大学校友、高一届的师兄、公司的同事，在一起一周就分手了。

分手的时候，他说："你要把前男友的东西收拾干净。"清明在房间里收拾了一整天，一样东西都舍不得扔。不足八平方米的小房间，都是杜康每年按时送的生日礼物、圣诞节礼物、情人节礼物，平常不显眼，却慢慢融入骨血，成为生活的一部分，一旦要扔掉，就仿佛要挫骨扬灰般。

顾行止对清明一直颇为照顾，工作上帮她熟悉整条业务线，下了班偶尔约个饭，也要听她一遍又一遍地谈起前男友。

清明十分依赖他，在她眼里，顾行止是值得尊敬的前辈，也是无

话不谈的好友。她孤身一人来到香港，举目无亲，碰上一个能略微说点话的人，如同握住了一根救命稻草。

那时候清明刚刚大学毕业，阴差阳错地到了香港上班，这座有着杜康的城市。公司的制度是新入职的员工要在香港工作一年。她住在马料水，每天往返金钟上班，舟车劳顿，无意中撞见了杜康和他的新女友。那女孩子依偎在他臂弯里，杜康很是宠溺。后来她才知道，杜康也在金钟上班。他们中间一直没断过联系，他何时有了新女友、何时跳了槽、何时出了差，她全知道。然而这都无济于事，她明白自己处于什么样的地位。

于是她积郁成疾——抑郁症、失眠、抽烟、喝酒、吃药，瘦到40公斤。

顾行止在她生病最严重的时候，出现在她的世界里。

当时是年会，清明跟在行止身侧，拿捏着姿态，左右逢源，谈笑风生，向公司的前辈们一个个敬酒。她向来擅长处理这些，连行止都夸赞她老辣。其实她并不愿意被形容为老辣，这在她看来更像是一个讽刺。她从前并不屑于同他人打交道，只是杜康习惯把她推到人前，她便渐渐学会了。杜康说："我懒得做这些。"好，那就她做——同学聚会、家长吃饭，甚至叫服务员点菜，都是清明一力完成。往事在目，不觉如鲠在喉。

大概是见她发呆，行止摆摆手叫她回神，"又在想前男友？"

"师兄你什么都知道。"清明尴尬地同他碰杯。

"其实可以试试文件替换。"行止说，"比如，我来替换他。"

类似的话，顾行止说过不止一次，都被清明四两拨千斤地推开了。她不想失去一个可以说心里话的朋友，但她也不挑明，继续接受来自他的关心，使得整段关系显得扑朔迷离。

清明能感觉到，行止的耐心在被她一点点消耗殆尽，于情于理，她也不应该继续吊着他不放手，这既是对他不负责，也是对自己不负责。

她索性就答应了行止，静悄悄地谈起了上下级之间的恋爱。

她其实心里有行止，更渴望全心全意地去喜欢他，可实在是做不到。

要是感情也可以编程就好了。

▶ 6

在一起后清明要搬去行止的住所，中间发生了口角，因为一些东西，那是往年杜康送的每样礼物，行止说占空间，而且没用，要扔掉，清明左右推托不愿意扔，被他察觉出端倪。

行止冷静了很久，才说："是我太心急了，我们先冷静一段时间。"

清明知道这句话意味着什么，却也不置一词。她不知道该说什么、写什么，或者说，她不知道自己该不该去弥补这段感情。

很久之后行止才说："我等你把这些清理掉。"然后一个人走了。

清明没有去追。她放不下杜康，也舍不得放下杜康。在感情的事情上，她总是拖泥带水。

后来呢？后来行止辞了职，似乎回了内地，最开始那几年，他的消息会辗转地从朋友口中传到她耳中，再后来，便毫无消息。

她再也没见过顾行止。

仿佛他只是夏雾一场，倏然离去。

▶ 7

人的一生总会碰上很多人，他很好，他很合适，只是时机不对。

　　清明还没有完全从上一段恋情里健康地走出来，所以没有办法全身心地接纳其他人。行止告白的时候，她又没有办法拒绝他，她总是不太擅长拒绝的。杜康是她心里的一个坎、一堵高墙、一个烟疤，跨不过去、摧毁不了，如此一来，新的恋情只能草草收尾。

　　分手很久之后，清明收到行止的一条简讯：

　　"你该明白我的心意，只可惜我不会委曲求全。"

　　真好，顾行止。

　　这样很好。

　　清明想，如果她当初也有这份骨气，就不至于颓丧至此了。

扫码即听
《三十岁了，一半在长大，一半在等你》

怎样形容单恋？

"用别人的冷漠惩罚自己的青春。"

"想好了一百种结局，却从未开始。"

"就像在机场等一艘船。"

清明断雪，谷雨断霜

寒潮离开，气温攀升

谷雨是春天的最后一个节气

哪怕他曾是你穿山越岭

乘火车坐硬座穿过半个中国

只为见上一面的人

也该从春梦中醒来了

是时候从爱的幻觉中醒来了

6 / 24

谷雨

Grain Rain

你从没来过
我这里

谷雨

Grain Rain

▶ **1**

阿多尼斯的诗：

无论爱情是神灵、是游戏，还是一场偶然，
只有在爱情里，我们岁月的荒芜才能找到荫蔽。

▶ **2**

梦里快要吻的时候，忽然醒来，仿佛天地都换了色。

窗外的日光片片压下，被困铁路已有两个多小时，原定下午一点
的见面被无限延迟。

谷雨呵了呵手心，从口袋里掏出原定的时间安排表，上面皱巴巴地写着："13:00，宁瑾，香港。"

▶ 3

从上海到香港，长江中下游平原，江南丘陵，南岭山脉，17个小时，硬座。谷雨第一次一个人出远门，没想到竟只是为了见他一面，想想都觉得不可思议。

谷雨平时睡眠很浅，多梦，不想上了火车竟然一直睡得安稳，手机里循环放着宁瑾喜欢的歌，满满的全是日文。日语的发音轻柔充满古韵，仿佛远古穿越至今的溪流上泛着的月光，清而凉，一如他在她心里的印象。

书包里躺着一封信，满满的全是思念，思念他温柔的语调，思念他冷静的面容，思念他从香樟树下慢慢走过的颀长身影。谷雨想亲手交给他，亲口对他说："阿瑾，我想你了呀！"

▶ 4

日光沉了一些，火车轰隆隆开始前行。天色更加暗了，墨般笼罩上来。天边辉煌日落，仿佛将要吞噬天地。五点了，离香港却还有两个小时。

按下接听键，"嗯嗯……对，我这儿火车晚点了……还要两个小时……星巴克？……嗯嗯，好……那我下车了就直接去找你。"

谷雨复又睡了过去。

梦到自己跟在宁瑾身后，开心地看着佐敦的各色风景和人山人海。她踩着他的影子走过九龙的大街小巷，在校园大树上偷偷刻下两个人的名字，扯着他的衣角，可怜地看着他，让他买蛋挞。

谷雨想，要是自己是一条狗就好了，开心的时候可以快乐地摇着尾巴蹭着宁瑾的衣角，转念一想又觉得不对，怎么能把自己想成狗呢？

宁瑾的学校如她想象的一样庄重葱郁，宁瑾穿着黑色风衣，背挺得笔直，越发衬得他高大俊朗。他依旧沉默寡言，上了大学也没有改变什么。谷雨觉得这样离群不好，但心里又是欢喜的，欢喜得摇着尾巴。

学校的树格外茂盛，清晨只有谷雨与宁瑾两人在闲逛。风吹落树叶，踩在脚下沙沙地响，谷雨突发奇想地捏了几片树叶悄悄塞到他口袋里，不想被他发现了。

刚想认认真真地帮他把叶子从口袋里清理出来，他却握住了她的手，说："好凉。"然后微微弯下腰。

宁瑾的唇瓣近在咫尺，谷雨甚至都能清晰地看见嘴唇干裂的纹路。她闭上了眼睛，耳畔却传来汽笛轰鸣声，身子有节奏地摇晃着。

▶ **5**

火车到站了，好长的一个梦。

黑夜像一朵漆黑的花，悄无声息地绽放。

宁瑾果然没有在站台等她。她辗转问了几个人，找到了星巴克，看到他正在闭目打盹，和她想的一样，黑风衣，孤坐在那里，一眼就

能认出。

谷雨推了推他，他睁眼看见她，愣了一下，笑了，"你来了啊，我竟然睡过去了。"

谷雨红着脸说："等这么久，你也挺累的。"

宁瑾说："你才累了吧，打算玩多久才回去？"

谷雨说："明天就回去，赶着上周一的课。"

宁瑾说："那得抓紧时间玩了。"

谷雨说："嗯。"

旅馆在宁瑾学校旁边，他安置好了谷雨便回宿舍了，临走时抱歉地说："今晚是班级聚会，我得去赶个尾巴，明早我再来找你。"

谷雨轻轻地回答说："嗯。"轻得仿佛微风拂过。

　　她手里攥着那封写满思念的信，却迟迟没有塞到他手里，迟迟没有说："阿瑾，你不想我吗？"

　　窗外的夜是万家灯火恢宏壮阔。"夜市千灯照碧云，高楼红袖客纷纷。"宁瑾曾用这一句诗向她描述九龙夜晚的旖旎风光，而现在她觉得心口被压得说不出话。此刻她若是一条小狗，尾巴一定不会摇摆。

　　仿佛不远千里从上海来到香港，只是为了一个心中模糊不定的结果。

　　宁瑾清而冷，或许是因为……他从未喜欢过她吧？

　　在谷雨面前，他总是谦谦君子，温文尔雅，同他说话，他总是平和微笑。她以为他喜欢她，不承想只是自己一厢情愿。或许宁瑾是她心头盘桓不去的一层薄霜，待到日光洒落云髻，天地复又清朗，年少时该碎的梦境都会烟消云散，包括宁瑾。

　　也对呀，做了那么长时间的梦，好似一场漫长凝结的霜，寒潮结束的时候，终究还是会消失无踪。

　　沉沉地睡了一觉，一夜无梦，醒来，枕头却微微有点湿。

▶ **6**

　　懵懵懂懂地跟着宁瑾逛了一下九龙，便借口说记错了火车时间，要提前中午就走。

　　宁瑾略表遗憾之后便送她去了车站，过了检票口，回头看见宁瑾已经不再目送了，谷雨便随便找了个地方蹲了下来。

　　火车发车是下午三点，她苦笑，怕是要一个人干坐三四个小时了。

　　那封信攥在手里，还是没有送出去，谷雨紧紧地攥着它，就像攥着女孩子最后一点点微茫的小虚荣，路过垃圾桶，随手扔了进去。

　　信的最后一行，认真地写着："我喜欢你呀，我可以做你的女友吗？"字迹已被晕染得模糊，她昨夜翻来覆去看了好几遍，泪无声地滴落在空气中。

扫码即听
《你从没来过我这里》

用酣畅淋漓来形容夏天

那些背着长剑大刀

腥风血雨里闯江湖的

有恩报恩、有仇报仇

好似无论怎么分离都可重逢的

男男女女

在立夏

把刚开始冒头的燥热

都变成爱挥霍掉吧

7/24

立夏

the Beginning of Summer

两个人
一起勇敢，
才会有以后

立夏

the Beginning of Summer

> 1

知道他会走，所以我从来都不挽留。

> 2

我喜欢立夏。

噢，我指的是立夏这个节气，才不是张立夏这个没脑子走遍整个海港城还找不到吃饭地方的笨蛋！

说真的，真的没有比张立夏更笨的人了。没买八达通、没办电话卡、没兑港币，甚至连港澳通行证都是到关口才想起来要加签注，他就大喇喇、趾高气扬地拎着我来了香港，美其名曰穷游——唉！脑仁儿疼，心肝疼，五脏六腑都在疼。

他连防晒霜都没带！在迪士尼门口大排长龙被晒成了大红薯，胳膊、脖子、大腿第二天碰着就火辣辣地疼。订的弥敦道里弯弯绕绕面积还没有三平方米的三人间，三、人、间！OMG。

明明说好第二天起早去港大看《色戒》取景地，他一觉睡到了十二点还格外自信地说已经查好了交通路线——噢，他说的是2008年百度知道的搜索答案。还有还有，定好了当晚一起去维港坐游轮，他一个人在海洋中心忙着给人代购，结果黄了我的维港夜景。

"哎，亲爱的，你别生气嘛，我这不是答应了人家不好推辞嘛！"张立夏还妄想辩解。

一口老血，没死真是太好了。

▶ **3**

你问我为什么喜欢张立夏？

我也不知道呀！

我们两个在一块儿处对象，根本就是没有未来的。他是成都人，我是广州人；大学毕业之后他要去美国，我要去香港；他要留在那里，而我要回广州。什么时候毕业？七月份就毕业啦，现在已经五月了。

离别嘛，不过是早有预谋的事情。

可我就是喜欢他，能多喜欢一天是一天，以后的事儿，留给以后再想。

适合拥抱的时候就应该拥抱，适合亲吻的时候就应该亲吻。酒杯在手里，就应该干了它嘛！

▶ 4

　　还有啊，适合心疼的时候，就应该心疼。

　　张立夏这么不靠谱我真没想到，订的安兰街的餐厅，显示没有预订；被赶出来后想在路边吃许留山，现金不够，还得满大街找港币兑换。五月份的香港阴晴不定，骤降暴雨，张立夏一只手护着我，另一只手护着他帮人买的乱七八糟的东西，狼狈不堪。

　　我有点心疼张立夏，交了我这么一个甩手掌柜女朋友，又要成天哄着我让我开心，我开心了又成天欺负他。他怎么能脾气这么好呢！真是叫人气都生不出来。

　　莫名其妙地心疼他，像是心疼一个犯了错的小孩子。

　　"张立夏。"我们落汤鸡一样找到一家商场避雨，我突然叫他。

　　"嗯？"他应一声。

　　"好喜欢你呀！"我说。

　　他突然低头吻住了我。

　　手忙脚乱中猝不及防的一个长吻。

　　身边人流交织，来来往往的各色眼神——嗯，还是闭上眼睛吧。

　　脑海里画面攒动，刚恋爱时，借着昏黄的灯光，他笨拙地给我戴上难看的Tiffany的粉心项链，一戴一年多也没舍得摘下来；穷困潦倒的时候，还要从牙缝里挤出点钱给他买眼罩，好让他晚上睡得好一点；喝多了酒放肆回忆前男友，气得从不喝酒的他也喝得浑身酒气，还是没舍得跟我分手……

　　我突然，想要嫁给他。

▶ 5

　　不当其时，正当其心。

▶ 6

当时还是张立夏追的我。

我要发好人卡的时候摆了理由，"我要去香港，你要去美国，以后会异地恋的。"

张立夏说："我可以不去美国啊，陪你去香港。"

我想了想，好像还不错，就稀里糊涂谈了恋爱。处对象之后张立夏立马就反悔了，给美国那边学校发PhD套磁信发得不亦乐乎，收到回信了还装作漫不经心地说："香港估计是去不了了。"

我能怎么办嘛，莫名其妙地上了贼船，总不能临时跳海吧？更何况，我还这么喜欢他。

我有多喜欢他呢？

他会发光呀。

他带我见新的人、吃新的东西、去新的地方，温柔有力地把我从阴暗的小角落里面拉起来，早睡早起不喝酒不抽烟不泡吧。虽然他老是脑子转不过来、做事顾前不顾后，可我还是觉得跟他恋爱是全天下最有意思的事情。

跟张立夏谈恋爱，真是会上瘾的。

越舍不得放手，就越喜欢他。

越喜欢他，就越舍不得放手。

如果注定是要分手的，那么可不可以尽量晚一点？

▶ **7**

还是会分手的啊。

这才刚刚想要嫁给他呢。忍不住悲从中来，又不能拉下脸去留他，因为根本没用呀。

▶ **8**

晚饭在旅馆楼下的7-11吃的，窗外是逼仄狭窄的街道，跑车马达轰鸣的声音时不时传来。随手的两份套饭，饥肠辘辘的两个狼狈旅人，张立夏还多拿了两瓶嘉士伯。

我有点奇怪，他不喝酒的，上一次喝还是因为被我给气急了。张立夏给我开了一瓶，自顾自地喝了起来。完了，他的毕业论文被毙了还是觉得我劈腿了？我没有劈腿啊，真的！事实证明，是我想多了。

张立夏说："你是不是不太想结婚？"

我想都没想就说："不想。"我只想过要嫁给张立夏，可是跟他又没结果，那还想结婚干吗？

张立夏说："可是我挺想跟你过一辈子的。"

我看向别处，对他说："别想啦，你知道不可能的。"

张立夏似乎狠下了心，把手机摆到我面前，说："你看看这个。"

我听见他在继续说："我一直在等你松口，等你说跟我一起去美国。你这个犟脾气十头牛都拉不回来，香港这地方真有这么好？天气又热，住得又挤，消费还贵得离谱！你会广东话还好咯，我怎么办？只会说普通话，买个东西还要遭嫌弃。可是这个地方好像又不错，一想到你在这里，似乎就充满了温情。”

9

那是一份录取通知书，奖学金给得很充足，跟我要去的港校是同一等次。

张立夏说：“你不跟我走，只好换我跟你走了，可是，你能不能嫁给我呀？”

我几乎都要哭出来了，还强撑着板着脸，“戒指呢，小伙子？”

“啊？”张立夏尴尬地说，“我忘了，现在去买？”

扫码即听
《两个人一起勇敢，才会有以后》

夏熟作物开始变饱满

却尚未完全成熟

是为小满

暧昧要几分满

才能恰如其分？

等待要几分长

才配得上结果？

太满的水总要溢出

爱是藏不住的

总有一天

你和他和她都会露出马脚

8/24

小满

Lesser Fullness of Grain

再等等，
他们就会分手了

Lesser Fullness of Grain

▶ 1

    月亮圆圆缺缺、反反复复了十二年，总是将满未满时最是迷人，小满这么想。新月太瘦，满月太肥，极端的东西大多短命不长久，最拨人心弦的月大约只能是肥瘦适中的弦月，不至于太瘦，也不至于太胖，刚刚好悬在树梢上，欲拒还迎地勾引着人们去神游物外，想象它盈亏两极的形态。

    世间情事大多如此，将满未满，犹抱琵琶半遮面，方能使人心旌摇曳，欲罢不能。

    物极必反，盛极必衰。总归都是要失去的，不如远远望着，从不妄图去得到它罢了。

▶ 2

　　此刻，小满缩在床上，窗外椰树树杈上低沉沉叉着一轮弦月，像女孩子漂亮的指甲月牙。海风一阵阵吹进屋子，夹带着鱼腥味，西贡依旧是热得不像话，似乎比市区还要热上几倍。此时他心绪微妙，似是解脱，又怅然若失。他谈了两年的女友跟他提出分手，他没有挽留。

　　女孩哭闹着说："你就是不喜欢我。"

　　小满说："我没有不喜欢你。"只是没那么喜欢罢了，他心里说。

　　恋爱的时候，小满总觉得烦躁，想着总是要分手的，就一点点克制着自己的感情，吝啬得一丝也不愿意多给。他一向活得克制而隐忍，不是很能理解别人陷入爱恋时的沉迷姿态。

　　不过认真说起来，他倒是在心里藏着一个偷偷暗恋了十二年的女孩子。十二年，讲起来都觉得荒谬，可能就是因为喜欢得不够深，才妄想用时间来证明些什么吧。

　　小满翻了个身，关上窗打开空调，翻来覆去身上全是汗。他有些烦躁，倒不是因为突然分了手，而是因为顾媚，那个他暗恋了十二年的女孩子，她又要有新恋情了，对象是宁瑾。

　　宁瑾是他以前的大学同学兼同事，最近接连升职而水涨船高，人又俊朗，相较之下，小满竟显得一无是处。

　　也是，我怎么争得过呢？小满想。他心里其实不大看得上宁瑾，外地人想在中环活下去，意志得有多坚定暂且不提，起码整个人都会在强压下变得无趣吧。

3

翌日晚上，顾媚带了宁瑾来到小满的馆子。

是小满自己开的小海鲜馆子。他前几年辞了中环的高薪工作，跑回西贡自己开了饭馆。他是土生土长的新界人，跑去港岛上班还要小心翼翼地掩盖口音，无聊又装腔作势。

说起来，他们两个还是他给介绍认识的。宁瑾隔三岔五地跑来问他顾媚的喜好，他倒豆子似的全都说了。他们两个人为何一拍即合，怕是也有他的推波助澜。

饭吃到一半，宁瑾去洗手间，顾媚问他："你觉得怎么样？"

小满埋头扒着饭，怔了一会儿，反问："什么怎么样？"

顾媚笑说："能不能拍拖？你说行就行，我只信你。"

小满一时之间百感交集，不知从何说起，他听见自己声音在说："人挺靠谱的，你再看看聊不聊得来吧，说不定现在只是在迎合你呢。"

他心里说不上什么滋味。这些年看着顾媚分分合合、人来人往，他也懒得向她表白，只会陪她失恋买醉、谈天说地甚至论及她和男友的性生活问题。说到底还是人怂，万一连朋友都没得做呢？顾媚第一次恋爱的时候，他学会了喝酒，第二次他学会了抽烟，第三次到后来日渐麻木，只会心里说：谁知道什么时候分手呢！

他算是别人口中的备胎吧。

备胎也比什么都没有强。

顾媚说："好咯，那我再看看。"

▶ 4

宁瑾单独请小满吃了饭，丽思卡尔顿的下午茶，仪式庄重，西装革履。人模狗样！小满心里想。

虾饺、汤包、河粉，贵得出奇、少得惊人。味道很好，确实精致，可是小满没什么胃口。

"阿媚像是在吊着我。"宁瑾发话，"我如今进退两难，不知如何是好。"

小满疑惑，说："你们不是相处很合拍吗？"

宁瑾说："不知道她是不是看出了端倪，上次从你那里回去之后，便对我忽冷忽热的，还常问一些兴趣方面很刁钻的问题，像是在试探我是不是真的跟她有话聊。我也不知道该怎么办，我是个最无趣的人，再这样下去，只怕会露马脚。"

小满窃喜，却又平添几分不甘——凭什么宁瑾这样索然无味的男子都能跟顾媚相谈甚欢，他却不可以？

这样想着，更是伤感，生怕顾媚受半点委屈，他说："兴许是她觉得你对她不够关怀。"

宁瑾问："何解？"

小满说："阿媚她虽然将男朋友的才华看得很重要，但更看重的是对方的恋爱表现。你得惯着她、宠着她，生病带她去看医生；她想吃路边摊也要陪她吃，喝酒不要拦着她；她喝醉了会哭，抱起来有点沉，但是很听话，你只要扶着让她不倒就行；她很会照顾人感受，就算生气也会怕你难过，所以你一定要先道歉，不然她一个人憋着难受；她朋友很多但是关系清白，你千万不要误解；她……"

说得正到点，宁瑾打断他说："劳烦慢点，我记一下。"

小满顿时就没了兴致，推辞说："差不多讲完了，就这些吧。"

这么无趣的人，怎么配得上她？

▶ 5

　　按照顾媚的惯例，撩了一个多月，差不多就能谈恋爱了，这次也没例外。

　　例外的是，她想结婚了，跟宁瑾。

　　"他待我很好，人也忠厚，收入不错，郑重地求了婚，跟我从前交往的男友都不太一样，更何况又谈得来，感觉在一起能看到未来的样子。"顾媚说，低头啄了一口咖啡，"如果每天给他洗衣、做饭、等他回家，好像也很合适。再说，过几年我也三十岁了，该结婚了。"

　　这家荷里活的咖啡馆，他们上国中的时候周末常常来看书、自习，看她的各色男朋友。

　　小满有些不知所措，顾媚突然说想结婚，像是闷头一棍，打得他心中五味杂陈。她一向在情场飘荡惯了，陡然神情严肃地说想要安定下来，让人不得不怀疑这是浪子回头。可是她这么浮躁的一个人，怎么可能放弃满世界的蜂蝶去嫁人呢？再者说，感情这种事情，何必投入全部心力呢？伤人又伤己，更何况结婚这么无趣的事情？

　　小满强撑着笑，说："你自己把握嘛，我又没结过婚，给不了你什么建议。"

　　顾媚见他不评价，便另起话题，"你之前那个女朋友不是谈了挺长时间嘛！"

　　小满说："不算长，两年多。"可是我喜欢了你十二年，他心里想。

　　"不想跟她成个家什么的？"顾媚问。

　　"不太想，在一块儿的时候就打定了主意会分手。"小满顿了顿，装作不经意地说，"更何况我心里有别人。"

顾媚愣了一下，神色暧昧地说："哦？"

▶ 6

你知道吗，人的天性就是惰性。

就像万事万物都有惯性一样，人的惰性才是人自然发展的形式。在没有摩擦力作用的情况下，事物只要有一个力的作用，就会无休止地向前推进。这个前进不是主动的，而是在惯性作用下，只有继续前进才最不费力，谓之惰性。

所以，一个人要下多大的决心、尽多大的努力，才能逃离原有既成惯性的处事态度？

小满心里慌乱极了，像是突然被扒光了衣服站在大庭广众之下，任人围观讥笑。

▶ 7

顾媚说："你喜欢的姑娘怎么样啊，我给你打僚机？"

小满一咬牙，定了定心神，说："也不怎么样，会玩、爱喝酒、酒品不错、招蜂引蝶、呼朋唤友，不是什么良配。"

顾媚是什么人，她岂能不会意？小满紧张地等她答复，盼望她能装傻岔开话题，却又存了一丝希望，希望她能直截了当地拒绝他，断了他此后的念想。等了良久，却只看见她微微笑起来，嘴唇轻轻开合，说："什么时候开始的？"

"国中算到现在，十二年。"数字他记得太清楚了，一年年叠加，做个深情的幌子足够了。

顾媚笑了，搅了搅咖啡，说："也就是说，十二年前坐在这里开始，你就盯上了我？小满先生，你得有多怂，才挨到现在才说？现在才说，你这是……在玩火。"最后三个字她拖了很久才说，神情迷离，勾得他心颤。

"我也不想继续怂下去了，都这么多年了，不想再看见你分分合合，而我一个人伤心。"小满说，"不如我们有个结果，谈个恋爱？"

顾媚歪着脑袋看着他，嘴角微微勾了起来，笑说："好啊。"

▶ 8

小满呆呆地看着她，竟感觉如在梦中，又好像梦醒了，从云端直直跌落了下来。

扫码即听
《再等等，他们就会分手了》

一切作物都在"忙种"了

忙着生，忙着死

人生与耕作相似却不相同

因为耕种时机无法预测

连自己都会忘记

比如你几时种的因

又为何会结下果

都不甚记得

命运中人们不自由

所以只好聚散由风

9/24

芒种

Grain in Beard

我很高兴，
今生能够遇见你

芒种

Grain in Beard

▶ 1

总说爱一辈子，好像生老病死，是我们掌控得了似的。何时聚，何时散，何时生，何时死，当真是不敢天命。

▶ 2

阿英第一次遇到阿芒，在她家乡，新界靠海的破落村庄。

她眉眼生得美，才六七岁却已有媚态，怕生，怯生生躲在树后面不敢同别的小孩子玩耍。他看见她独自一个人跑回了家。

他当时二十出头，替人收债，见此番情景，硬生生自己替人把钱填上了——那是阿芒家弟兄的赌债。

▶ 3

    阿芒刚满十六岁就嫁给了李先生，她只是模糊知道这个姓，就糊里糊涂被父母塞了过来。

    据说他已有三十岁，但看起来很是年轻，眉目之间有几分英气——是戾气。阿芒只是细细打量着他，心里出奇冷静，想着以后的日子该怎么迎合。她原本想自己挑个好糊弄的丈夫，不想造化弄人，嫁了这样的人。

    "你不怕我？"李先生问。

    "怕。"阿芒想了想，觉得这么说比较顺他的意。

    "你老爸老妈给你讲了我是做什么事的吗？"李先生又问。

"他们……还没来得及说。"阿芒小心翼翼地回答。

"给人收保护费，也炒点股，没有固定的事做。"李先生说，"不过，还是养得起你的。你可以在家做点饭、洗点衣服，也可以出去找份工作，看你心情就行。"

"那李先生……我晚上睡哪儿？"感觉不是很凶恶，阿芒决定摸一把老虎屁股。

"嗯？不睡一间？"他明显呆了一下，又自顾自地笑了起来，"也是，你怕我，我晚上睡沙发。"说着他径直走去卧室抱了一床被子出来摊在沙发上，又好像想起来什么，回过头对阿芒说，"对了，我叫李冠英，你可以叫我阿英。"

"嗯。"阿芒说。

4

旷日持久地窥探一个人的生活是什么感觉？

像是躲在黑暗深水中屏气，看不到希望，连挣扎一下都没有勇气。

阿英常常会去阿芒的村子里远远地看她，以各种形式——收钱、看地、替人提亲，一个人去、两个人去、一帮子人去，提刀去、拿图纸去、带钱去……阿芒似乎不怎么出门，他前前后后去了那么多次，只遇到她八九次，差不多一年一次。

她的个子越来越高，身形挺拔，一根脊梁骨直直地耸立着，撑得整个人明朗俏丽。她马上就该嫁人了吧？阿英想。这个村子的女孩子无不是被家人坐地起价嫁出去的，更何况她这样好看。

这些年月积累下来，她成了他心中的执念——要见到她，要再次见到她，可是再次……怕是见不到了吧，她终究会成为别人的妻子。

▶ 5

关于称呼这件事情，阿芒一直都没改过来，只敢在心里小声地说"阿英"，也不好意思再称呼"李先生"，只能粗暴地省去。吃饭的时候，不知道该怎么叫他，她都要走到他面前小声说"吃饭了"。

他是个脾气很好的人，甚至有些孩童心智，不怎么生气，只是行为举止看着略有杀气。喝酒抽烟，身上常有新伤，她看着心疼，也不能劝什么。阿芒心里摸透了他，两个人相安无事，也并未有什么很大起伏。

结婚过了好几年才有的孩子，阿芒身体不好，生产时几乎要血崩而死，在医院养了有足月才回家。护士一直盛赞阿英是个好丈夫，称她有福气，"都不看是男是女，直接冲进来看你怎么样了。"阿芒听着，觉得心里有什么东西发了芽，在突突地往外边冒，扑通，扑通，平地起了波澜。

是个女孩，阿英起的名字，叫李芒，"这样我就有两个阿芒了。"他说。孩子满周岁的时候，去周大福打了一对小金镯子做周岁礼，路过戒指的柜台时，他突然停了下来，"我给你买个戒指吧。"

"可是要花好多钱。"阿芒迟疑地说。她知道他有一点钱，也知道他没有很多。

"最近炒股票赚了一些，还没来得及给你。"阿英说着，指着玻璃柜台里的随便一个，问，"这个好看吗？"是个漂亮的钻戒。

"好看呀，可是我更喜欢那个。"阿芒指着隔壁柜台一个祖母绿戒指说。金托上嵌着一小颗绿宝石，配色看起来不太和谐，应该会便宜一些。

"它不好看。"阿英说。

"可是……我好看呀。"阿芒笑起来眉眼弯弯，"再说它独一无二，很合适呀。"

阿英被她逗笑了，说："你喜欢它，那我也喜欢。"

阿芒头一次发现，他似乎也有着让人心动的力量，扑通，扑通扑通，扑通扑通扑通。

▶ 6

三十岁。阿英对着镜子刮胡子，认真凝视着镜子里的自己。他一直不太显老，婴儿肥到这个年纪还没有褪掉，走在路上常被人误会成学生。这一直困扰着他，面相太年轻不是什么好事，看起来办事靠不住做不了大事，出去收账都要额外拿些刀棒装腔作势。如果阿芒看到这张脸，会不会觉得不好呢？

那个村子的人，嫁女儿的钱用来娶媳妇。既然给够了钱就能娶到阿芒，那为什么不能是他娶呢？

等我。他在心里说。

▶ 7

阿芒心里会常常冒出一点点疑惑，在遇到她之前，阿英都跟谁在一起？谈过恋爱吗？离过婚吗？有过孩子吗？如果有孩子，会不会比她还大？这些疑惑点点滴滴汇成小溪、小河，江河湖海，在她心中翻涌不止。她甚至都开始嫉妒起那个可能不存在的前女友，凭什么那么早就能遇到他？

有天中午他回家吃饭，阿芒大着胆子问他："你谈过多少个女朋友呀……"

他正在喝汤，听见她这么问，呛了一下，她手忙脚乱地给他倒茶。他说："怎么突然问这个？"

"我憋着心里也难受，不如跟你摊开来说。"阿芒起身给他盛饭。

"没谈过。"他脸色忽明忽暗，阴晴不定。

"真的？"阿芒问句刚落，门口嘭嘭嘭地响起粗暴的砸门声。他用眼神示意她躲进卧室，自己去开了门。过了一会儿他回来从柜子里拿了刀要出去，跟她说："晚饭做好，等我回来，慢慢说以前的事。"

"好嘛，去嘛去嘛，晚上给你做好吃的。"阿芒说。

▶ 8

阿英娶阿芒的仪式称得上隆重，凤冠霞帔、车队如流，耗了他大半积蓄才租来的。

掀开盖头的时候，人流攒动，沸反盈天，她静静地看着他，漂亮的眼像深深的一潭静水，像是在说："你是我的丈夫。"

这是她第一次见到他。

阿英捧着她的手，恨不得把她整个人搂在怀里，又怕吓坏了她。

要尽我所能去保护你呀！阿英心说。

▶ 9

时至今日，阿芒还记得那天晚上，她做好饭等他回家，可是他很晚才回来。

除了他，还有很多人，他们抱着他急匆匆、手忙脚乱地放到了床上。他们说："英哥受了伤，好好休息一下。"而他面色发灰，任人摆弄，经过她时，只是嘴唇动了动，像是在说："我回家了。"

她一个人怔在那里，好像看了一场好戏。等到众人都走了她才开始给他擦身上的血迹，他身体还是温的，还有呼吸，胸口还在淌血。她轻轻擦着，生怕他疼。

她静静地擦着，直到血不流了，身体也凉了，然后她突然不知道要做什么，就号啕大哭，两眼发黑。

▶ 10

他最后一次见到她，在簇拥的人流里，他被人扶着、抬着，随意动着伤口。

　　生生死死的事情无聊至极，可是他又那么想活下去，好好陪着她。

▶ 11

　　阿芒如今六十岁。

　　岁月空添三十年，好似人生大梦一场，与心上人幽会又诀别。

　　良辰好景虚设，便纵有千种风情，更与何人说？

我们将要迎来一年中
白昼最长、黑夜最短的日子
如果你在北京
夏至这一天
凌晨 2:42 天就开始蒙蒙亮了
4:45 日出
晚上 19:46 日落
21:49 天才完全黑下来
如果你再往北走
黑夜会进一步缩短
白昼时间更长
热恋如夏至日
珍贵又短暂
战线拉得越长就越危险
趁爱最满的时候
飞往他所在的城市
陪他度过最漫长的白昼
觉得
有点浪漫

10/24

夏至

the Summer Solstice

放弃你，
是不可能的事

the Summer Solstice

▶ 1

听说学校要整顿风气，十一点半宿舍落锁不准进出，所有店铺都得关门，次日方可开张，24小时便利店也一样。

说是这么说咯，宿管阿姨照样不落锁，宿舍楼大门虚掩着给人半夜进出。十一点半歇业，再待半个小时凌晨零点开张嘛——这也是次日开张。

大小事情其实道理都差不多，比如大肆宣扬要分手的两个人，偷偷摸摸又和好了；比如信誓旦旦今天要早睡，却噩梦缠身半夜惊醒；又比如一个月不吃夜宵，GRE不上330就一个月不化妆、一年不谈恋爱，都是自己打脸。说出口的狠话，大多不能当真。

谈恋爱是后话，失眠才是正事。

比如现在，陈敏圆瞪瞪地睁着两只眼睛发呆。宿舍早已断电，蚊子在蚊帐外边儿叫着。她的宿舍在一楼，旁边就是学校商业街烧烤摊，零点一过，复又人声鼎沸。方才她陷入噩梦，考试砸了，头发剪了，男朋友分了，醒来之后也分不清虚实。考试确实砸了，头发确实剪了，男朋友确实也分了。她自顾自想着，觉得可笑，翻来覆去不能入睡。

啊，好饿！想吃虾饺、鸡翅、里脊和脑花。

▶ 2

尤夏隔着桌子过道，时不时歪头看着陈敏。他刚从教学楼同两个师兄赶完论文回来，凌晨两点一起来吃烧烤，只见她一个人低着头划着手机，戴着耳机，偶尔吃着烧烤，一副自得其乐的样子。她不认识他，他却一眼认出了她。

跟想象的不太一样。

大一的时候，机缘巧合，尤夏在社团办公室看到了她的照片，斜刘海，long bob。一墙都是大一新生的生活照，配上千篇一律大学要拿奖学金的目标宣言，唯独她一个人仰着脸、亮着小鼻孔、歪嘴笑，目标上写着看完村上、学完肖邦，要在男女比例7∶1的工科学校找七个男朋友。

她算不上漂亮，却可爱得让他心痒。央求着跟她同社团的好友要了微信号，拖到大三也没敢同她说过话——她似乎一直在恋爱。

她上周刚剪了短发，朋友圈发了照片。

一个人出来没人陪着，估计是分手了吧？

比他想的要漂亮，至少比照片漂亮。

▶ 3

陈敏GRE考了两次，现在备考第三次。同前男友分了两次手，却似乎不可能有第三次了。男朋友说："我受不了你跟我吃饭都捧着手机背单词。"陈敏心下衡量利弊，同谁也没说，静悄悄分了手。

分手之后也说不上多伤心，心里空落落的，做梦会常常梦到他，零零碎碎的片段，也记不太清楚。室友常常早上醒来会问："陈敏你昨晚为什么哭了？"她也说不上来，兴许做梦的时候确实伤心吧。

夜宵摊像她这样收拾整洁出来的人不多，也都不像她只能一个人孤零零地吃夜宵。

这种事情，以前一个人会觉得难堪，觉得有一千双眼睛在看着她，无数声音静悄悄地说"看那个人怎么一个人啊"，后来自得其乐也无所谓。日程繁忙起来，一个人逛街、一个人吃饭，效率要高得多，至少没有人会在吃夜宵的时候嘲笑她背单词。

▶ 4

尤夏一直偷瞄陈敏，旁边师兄看着有意思，顺着看过去，笑了，转头拍他肩膀说："想追姑娘？"

尤夏讪笑，说："你认识？"

师兄又笑，"一起上的新东方。"同他碰了个杯说："想仔细了？"

尤夏歪头想了想，偷偷看她朋友圈都两年了，再不下手都要毕业了，就认真点点头。眼见着师兄要起身，他又赶忙拉住小声说："认真点儿，别吓着她。"

▶ 5

两点，夜宵摊人也不多，稀稀拉拉坐了一半。

陈敏一直低着头，突然听到有人叫她，是以前一起上新东方的同校师兄。

三个人端着大盘小盘来拼桌，她一脸迷惑的表情，其他两个全不认识。

师兄说："知道你在考GRE，我这儿一帮子人跑来取个经。"

陈敏好尴尬，她已经吃饱喝足准备回宿舍睡觉了，又怕突然这么走了显得不尊重，只能尴尬地坐着，她不太适应突然有很多人一起说话。

师兄介绍到尤夏的时候，她愣了一下，掏出手机翻了微信通讯录，有这个人。

聊到一半，师兄突然说要去上厕所，另一个师兄也赶忙跟着走了，剩了尤夏一个人。

她明白这是怎么回事了。

她开始收拾东西，同尤夏说："我差不多吃饱了，先回去啦，帮我同师兄说声再见。"

这个男生她模糊记得，建模国赛一等奖，工科实验班，年年拿一等奖学金。学霸啊，完全不是她想要的类型。更何况，现在不是谈恋爱的时候。她这么多事要忙，没闲心跟可以保研的大学霸比比谁更闲啊。

事到如今，恋爱都是奢侈品。

尤夏见她要走，连忙埋单，说："一个人不安全，我送你回去？"

陈敏笑了，说："散散步？"

夜晚风凉，夏日蝉鸣此起彼伏，小虫子咬得腿上都是包。尤夏时不时挠挠腿，小心翼翼地想离她近一点，又怕显得不稳重。他找话题说："这么晚，为什么一个人出来吃夜宵呀？"

陈敏回他，"睡不着，太饿了。"

尤夏觉得她可爱极了，说不上来为什么，兴许就是晚上的风吹着她毛茸茸的头发，让她可爱得像只小动物。他正这么想着，陈敏又说："可能是我想太多，可是我刚分手，没有谈恋爱的打算。"

尤夏猝不及防，急于表白自己，"我是在你社团办公室看到你照片的，知道你喜欢村上、喜欢肖邦，想找七个男朋友……"

——啊……突然说过头了……什么七个男朋友！

陈敏笑出了声，说："我还没找齐七个呢。"

尤夏心中松了口气，说："最近分手了？"

——啊……哪壶不开提哪壶……嘴贱！

陈敏应道："是啊。"

陈敏觉得很有意思，尤夏说的话明明都很冒犯，但又不让人觉得讨厌，是他脸长得好看的原因吗？

"你是北方人吗？"陈敏问。

"不是。"

"入党了吗？"她又问。

"啊……没有……"

"吃肥肉葱姜蒜吗？"她问得自己都笑起来了。

"啊……不吃……"

南方人、不入党、不吃葱姜蒜。雷区都躲过去了呢，陈敏在心里边盘算着，好像还行。

尤夏这边被问得冷汗直冒，拿不准她心里到底在想什么，问："你问这些干什么？"

陈敏说："排雷。"

他觉得紧张，问道："那你排了吗？"

陈敏笑说："排了。"又说，"很晚了，我回去啦，不聊啦，明天早上还有课。"

尤夏撇撇嘴，心下警铃大作，又不好说什么。

陈敏回了宿舍躺在床上，困意四起。

真是个有意思的晚上！

"明天能邀请你吃个饭吗？"尤夏发过来微信问。

陈敏打了个哈欠不小心笑出声，等了十分钟才想起来要回他，"好啊。"

其实她收到邀约时，心下五味杂陈，脑子里莫名冒出来前男友。

你再也找不到比我好的了，而我所有的未来，都会甩你十八条街！

6

尤夏的确是一个不错的男朋友。

几年后，他们裹在南京夏天的酒店被窝里，因为夏至日，热到凌晨两三点才睡着。五点的天还是漆黑的，路上开始有行人碎语。陈敏迷迷糊糊爬起来上了个厕所，又迷迷糊糊钻进尤夏怀里睡着了。再醒来的时候，尤夏已经趴在书桌上画图——他马上要交一份项目作业。

他回头看见她好像醒了，踱到床边抱着她的小脑袋抚摸她柔软的头发，轻声说："再睡会儿，来得及，到点了我叫你。"说着他就要抽身走，陈敏忙拉住他想多靠一会儿，尤夏拍拍她的手说："不走，下楼给你买早餐。"

这是异地恋的第十一个月。每一次要分开的时候都是这样，他去买早餐，给她检查航班信息、证件、行李，她用被子蒙头偷偷哭。其实他也想哭，只怕伤心叠加起来，会让她更伤心。

还在大学时，两人刚开始恋爱，恨不得每天都腻在一起，早饭、午饭、晚饭，图书馆、一教、二教，黏腻到双方的专业课老师都能叫出对方的名字。突然毕业了各奔东西，她去香港念master，他回家乡南京读研，满心以为异地也没什么，没必要朝朝暮暮都黏在一块儿，真到身临其境，一千次视频也比不上一次拥抱。

▶ 7

七点。

尤夏买了早餐回来，照例的豆浆油条。

陈敏起床开电脑，做昨天没做完的数据分析。他们每次都抽周末的时间匆匆忙忙见面，他去香港，或者她来南京，带一大堆作业赶deadline。飞机在下午两点，还剩七个小时。她两眼盯着电脑屏幕，红了眼眶。

她这次绷着没有哭。

　　她憋着一口气在心里，这次不能没出息地再在他面前哭了。她什么都忍得下去，小组作业别人搭便车她能忍，洗澡碰到冷水她能咬着牙洗下去，港漂一个人搬家能扛着行李上十六层楼，唯独异地恋这件事她一想起来就心酸，一忍不住就会抱着他想以后怎么办。

▶ 8

　　不见面的时候，会生很多的气。

　　为什么不回微信？是不是不爱我了？是不是出了什么事？不要偷偷抽烟喝酒。

　　——抽烟喝酒的是她。

　　陈敏一烦起来就喜欢抽烟喝酒，以前有几次喝得烂醉如泥，都是尤夏扛了她回宿舍。她还醉烟，一抽烟就四肢发软、不能动弹，一两根就恶心想吐。那时她全身心地依赖着他，凡事离开了他就手足无措，毕业之后没想到自己能一个人独立扛住这么多事。

　　没有他在身边，她从来不敢抽烟喝酒，不想让他担心，也不想让自己暴露在危险中。此刻她又开始抽烟，找不到打火机，于是就着天然气点烟。

　　尤夏皱了皱眉，也没拦着，他知道她心烦。

　　"导师问我念不念他的博士。"陈敏吞吐着烟圈，说，"工资不错，想问问你。"

　　尤夏插好豆浆吸管递给她，盘腿坐在床上。晨光明亮，从窗帘里渗进来，他发了会儿呆。当时要毕业的时候，他跟她僵持不下，他想让她来南京工作，她想带他一起去香港上学，最后谁也没能如愿。

他当时想，等毕业了再想定居的事情，不承想过未来时时刻刻都会发生变故。

说到底，人都是自私的，平白无故地为了恋人改变自己，要是分手了，谁来埋单？

"我准备研究生毕业申请美国的博士，还想把你带过去，你要不要考虑一下？"尤夏说。

"你毕业还有两年多，我早你一年毕业，不如我再就地念个博士。"陈敏说。

"可是又要分开很久。"尤夏说。

"回内地我不知道要去哪里，也不想回家乡，好像只能去找你。但是南京我人生地不熟的，又只能依靠你，不想去。"陈敏把话摊开说。

"我们可以回成都。"尤夏说。他们一起在成都上的大学。

"我也不甘心去一个二线城市。"陈敏说。

"南京挺好的，我家就在这儿，认识的人也多。想得长远一点，以后生孩子也有照应，你找工作也不用愁。"尤夏说。陈敏一直为了工作的事情焦头烂额，高不成低不就。

"那我们分手了怎么办？"陈敏说。

"不会的。"尤夏说。

▶ 9

九点。

日头灼人。

陈敏把窗帘拉严实，开了风扇，绑上头发以免吹乱。

"尤夏，我们聊聊吧。"

▶ 10

从第一天谈恋爱开始，他们就一直在为着这个问题思考、讨论、争吵。

谁跟谁走、去哪里、找什么工作、结不结婚、生不生孩子。

她说，留香港，不结婚，不生孩子。

他说，回南京，结婚，生两个孩子。

她也不是没想过跟他回南京，可是一直没有勇气。南京的气候糟糕，三天两头总是要感冒发烧。她天性爱玩，他截然相反。让她一个人来南京，举目无亲，还要时时刻刻被他管着，想想都头皮发麻。

▶ 11

"你在香港又跑出去玩了？"尤夏问。

"我想出去玩。"陈敏说，"我怕你生气。"

"乖。"

"我想喝酒、抽烟、唱歌、打牌，整宿整宿看电影。"陈敏说，她摁熄烟头，又径直走进厨房点了一根。

"可是我陪不了你。"尤夏说。

"我能不能和别人出去，很多人，不会有事的。"陈敏躺下来，头枕在他腿上。

"可是我想让你好好的，我怕你有意外。"尤夏说。

他控制欲很强，陈敏一直试图叛逆，没有一次成功。她喜欢他，心甘情愿被他驯养，可是她实在憋得心里不舒服，凭什么不准我出去呼朋唤友？

尤夏见她不说话，继续说："我就想让你好好的。带你抽烟喝酒打麻将的人，你生病的时候又不会陪你在医院，等你老了不会出医药费，生不了孩子也不会管你，找不到工作也不会养你。"

陈敏听着想哭，声音都变了调，说："我……"刚说出口就被尤夏打断，他说："可是我会，我养你。"陈敏的泪珠子就不由自主地落了下来。尤夏抱了抱她，"我说的都是真的。"

日光毒辣，气温骤升，风扇也扛不住热。

上午十点，离飞机起飞还有四个小时。

陈敏直起身说："好饿，吃顿饭我们去机场吧。"

眼泪还在掉，她不想看到它。

▶ 12

一个人一生要做很多决定。决定不分对错，只分得到和失去。

机场的肯德基内冷气开得足，跟室外截然两个温度。

陈敏出神地看着他，觉得似乎一切都有了方向。

她一直都缺乏安全感，不肯花他的钱，不想听到承诺，不肯想结婚生子成家立业，不想负责任或者让别人负责任。尤夏于她，是个意外。他义正词严地说要给她一个未来，又小心翼翼地表白千百回，生怕她不相信。

选择了尤夏，就意味着要离开香港。

留在香港，就意味着要失去尤夏。

孰轻孰重，难下定论。

▶ 13

十二点半，拿到登机牌，行李托运。

陈敏和尤夏靠在候机大厅的长椅上，有一搭没一搭地聊天。

尤夏说："喝酒抽烟有什么好的嘛，你酒量那么差，三瓶Rio就倒了。"

陈敏好不害臊，说："哪里，明明那次还有两瓶麒麟。"大学时她有次喝多了酒，桌上有Rio，被他笑了两年。

尤夏说："是是是，最厉害了，两瓶麒麟才倒呢，滚在地上也不知道疼。"

陈敏正了正衣服，画风突变，对他说："我挺喜欢喝酒的，不过现在没以前那么想喝了。我不会戒酒，但凡事总有个量变的过程。我想自己心甘情愿地不喜欢这些臭毛病，不是因为你而去勉强改变自己。"

尤夏说："你想说什么？"

陈敏说："你让我认认真真想一会儿，跟你留在南京还是我们分手。"

尤夏神色一凛，他从没想过，留在南京对她而言是这么艰难的选择。他想过去香港，但考量利弊，还是南京更适合两个人一起发展。如果去香港她可以更开心的话，他也可以去的。他脸上按捺着神情，说："不会分手的。"

▶ 14

上飞机前，陈敏认认真真编辑好回复导师的邮件，又跟尤夏打了通长长的电话，直到空姐提醒才关机。

尤夏说："我一直在后面看着你过安检，你怎么不回头看看我啊？"

陈敏笑作一团说："因为我难看啊。"

她那时一直盯着安检上面巨大的广告牌，仰着头，防止眼泪掉下来，怕他看到。她婉拒了导师读博的邀请，德高望重的导师只回了她一句："以后不要后悔。"

后悔有什么用呢？

权当是进了一场赌局，上了赌桌的人，谁也不想空手而归。

15

　　飞机上，陈敏一直睡不安稳，香港机场落地时突降暴雨，她手足无措。

　　她给尤夏发微信报平安。

尤夏说："我去香港吧。"

陈敏说："嗯？"

尤夏说："我们留香港吧。"

陈敏呆呆地看着手机，好久才回他说："房价这么贵，跟着你在南京混吃等死算了。"

尤夏擦擦眼睛，心中雀跃。

扫码即听

《放弃你，是不可能的事》

小热又无常

持续的降水并没有影响

谁和谁的走向

他们依然赖在空调房里亲吻

日光从钝重转为锐利

情绪大肆挥发

炙烤后的柏油马路

留给年轻人拥抱、分离、说热爱

11/24

小暑

Lesser Heat

我们见到一张床，
才觉得有点慌

Lesser Heat

小暑

▶ 1

　　阿元直挺挺地躺在床上，一动也不敢动。他也不知道怎么就莫名其妙来了这里，躺在他身边的是在一起还没有十天的女朋友小暑。

　　他们在城大旁边的商场吃晚饭，突降大雨，本来他想带她冲回去的，小暑却说："开房吧开房吧，我穿短裙子不太好。"

　　穿短裙子为什么就不能回学校？阿元百思不得其解，反正结果就是，他们俩衣服也不敢脱，裹得严严实实地躺在旅馆被窝里。小暑想开房的念头不是一天两天了，阿元一直以各种理由回绝。

　　"等我们一个月好不好？"

　　"我一直都很正经的……"

"我今天好累想早点回hall……"

"要是想见我，晚上打电话叫我出来嘛，反正在同一栋宿舍。"

可是小暑偏偏说："不嘛，开房嘛！"

他也很想开房呀，可是谁知道他会干出什么事来。

对，就是你想的那种事。

▶ 2

　　小暑是个可爱的小姑娘，人畜无害的脸，眨巴着大眼睛，多硬的心肠都能叫她看软了。这么可爱的姑娘，怎么就成天想着开房呢？

　　"会觉得晚上如果抱着你睡觉，枕着你的肩膀窝窝，早上起来能看到你，特别好呀！"小暑可怜巴巴地看着他说。

　　阿元心都化了。

怪他想太歪了。

开!

▶ 3

他们两个躺在床上，中间被子被他压了下去，隔成楚河汉界。

"我好热。"小暑说。

阿元心下一紧，连忙从被窝里伸手探了探她额头，没发烧。他又从被子底下握了握她的手，不小心碰到了她的手臂，她身上热乎乎的，滚烫。

"这么热，你是紧张吗？"阿元问她。

"嗯。"小暑说。说着她泥鳅一样快速钻到了他怀里，吓了他一跳。他刚想推开她，她却软糯着嗓子撒娇说："抱抱嘛！"阿元觉得自己的心已经化成了一摊泥。

小暑小小只的，小脑袋靠在他肩膀窝那儿，一只手抱着他的腰。

阿元觉得神奇极了，他喜欢的姑娘，缩在他怀里，这是他人生整整二十年都没有过的体会，是全世界都卧在他怀里的感觉，棒极了！

▶ 4

"亲亲亲亲！"小暑小声说。

阿元装作没听到，抱了抱她又松开手，说："睡吧，好不好？"已经一点了，小暑一直在钻来钻去，要么手伸到他衣服里摸他胸，要么搂着他脖子捏他耳朵——她就是在撩他。

"亲亲亲亲，亲亲亲亲，亲亲亲亲！"小暑又接着小声说。

阿元其实心里也紧张得很，他一个二十岁的男生，血气方刚，想干点什么事她肯定拦也拦不住。一个人睡了这么多年，突然身边有人，其实也很不习惯。

"你就不怕我那什么了你？"阿元直挺挺躺着，在黑黢黢的空气中对她说。

"你不会的。"小暑爬起来亲了他，声音脆生生的。阿元脑子里的弦突然崩断了一样，翻身搂着她吻了下去。

管他呢！

▶ 5

一记深吻。

亲完了小暑连忙一个人滚到床边儿上，拿枕头压住被子，命令他，"不准过来！"

阿元哭笑不得，他的小女朋友，怎么就这么可爱呢？就想抱着啄啄亲亲。

小暑见他不说话，挪过来一点，隔着枕头凑近他耳朵说："我怕你没忍住把我给办了。"

阿元没忍住笑出了声，又揪紧被子怕她再凑过来，说："你还知道你人身安全没保障啊，还硬拉着开房。"

小暑赶忙又退回到床边儿上，软声说："谁让我这么喜欢你嘛！"

阿元听得心里酥酥麻麻的，身上出了汗，他有必要去冲个澡。

▶ 6

阿元打心眼儿里喜欢小暑，开黄腔的小姑娘，说带颜色的笑话都自带反差萌。 第一次见面跟他讨论的书就是《查泰莱夫人的情人》，他面红耳赤地跟她讨论完所有的剧情，落荒而逃。

小暑第一次图谋不轨是在超市，他们谈恋爱的第三天。他们推着推车在买零食，她一直絮絮叨叨地跟他说："你知道吗，张爱玲当时写了一部漂亮的小说，胡兰成惊为天人，一定要见她。张又特别高，第一次见面就把他给吓着了，可是胡还是想调戏她，你猜他怎么说的？"

"怎么说的？"

"他说：'你这么高，怎么可以？'"小暑笑觑着他，踮着脚想亲上去。阿元赶忙躲开了，按着她肩膀搂着她说："别这样，有人呢。"

小暑一米五五，阿元一米八，差了二十五厘米。她气得跳脚，一直妄图踮脚凑上去亲，没能得逞，恼羞成怒地一嘟嘴，拆了包薯片狠命嚼，说："你干吗长这么高啊！"又回过头一脸委屈地说，"你不想亲亲我吗？"

阿元心旌一荡，他何尝不想把她搂在怀里认认真真地亲亲抱抱呢？可是他这么喜欢她，更要好好对她，所有的行为都要对她负责任。小暑对他来说是个全新的、未知的世界，他害怕一个不小心就失去她了。

"我怕冒犯你。"阿元说。

"不会的。"小暑笑嘻嘻地看着他。

"那也不该你主动来亲我。"阿元说着，弯下腰在她脸上啄了一下。

小暑呆呆地看着他，反应过来之后，高兴得转圈。

▶ 7

阿元陷在回忆里，眼皮沉重，半睡半醒。忽然侧身碰到软软的身体，整个人身子一颤，吓出一身冷汗。他回过神，是小暑呀，都忘了跟她睡在了一张床上。

小暑睡得迷迷糊糊的，被他的动静吵醒，黏腻着声音问他："怎么啦？"她没睡醒，嗓子哑哑的，又甜甜的，听得阿元想立刻把她搂在怀里。

"没什么……就是第一次睡觉身边有个人，不太习惯。"阿元说。他按下了自己想伸过去抱她的手。

"抱抱！"小暑说。

阿元发现自己的手不听指挥了，它牢牢地把他的小女朋友圈住了。

▶ 8

也不能抱多久。

因为……闹钟响了。六点。阿元心里满是懊恼，为什么不能一开始就好好抱着他的小暑呢！小暑撇撇嘴，抱着他不撒手，赖着他说："你别去答辩了，好不好嘛！"

他七点半有个比赛要答辩，七点要去签到。阿元认真想了想，拿了手机发短信，回身抱住她，说："好呀女朋友大人！"

他给队友发短信说，发烧了，住在医院，去不了了。

红颜祸水大概就是这个意思了，他乐在其中。

嗯，要抱着她一觉睡到大中午。他这么想着，小暑偷偷搂住他脖子，睡眼惺忪地说："亲亲……"

嗯，亲到大中午也不错啦！

腐草为萤

大雨时行

一年已去一半

你是否完成了自己

或清楚了爱的真相

有一类人把感情当实验

一杯酒下肚和一杯茶没有区别

不会醉也不会伤心

他们自恋、孤僻、自我

只会在眩晕中好聚好散

12/24

大暑

Greater Heat

以为你会不同，
但人人都相同

Greater Heat

大暑

▶ 1

百叶窗，墨绿，窗户也是绿玻璃。窗外日头喧嚣，从30层楼往下看，车如蝼蚁。阳光渗进来，一条条横铺在她脸上、脖子上、手臂上，小腿则没进了阴影里，肌肉分明，线条流畅。他靠在她窗边的书桌旁，有意无意地看着她。

她埋头找唱片，光线在她的头发上晃动，明明暗暗摇曳着光泽。他不说话，她也不说话，这一场沉默难堪的对峙，各怀心思。

"找到了。"她声音低哑，手里拿着找到的唱片。

窦唯的《殃金咒》。

⏵ 2

　　大暑初见吕梁时，她来租房。逼仄的卧室，房东粗鲁地把门打开，随口报价。这里地段不错，窗外就是维港，两室一厅——另一间他正在住着——家具残缺不齐，冷气十足，租房总是供小于求。她一个人，倚着一只大行李箱，也不理论讲价，当即付了现金租了下来。当时是周末早上十点，他刚起床，蓬头垢面地跟她撞个正着。

　　吕梁伫立在房间里，送走房东，回房打扫。空气中泛起厚重尘埃，在被绿玻璃滤过的黄太阳光里飞舞着。大暑静静地看着她，恍惚觉得有些不真实。

　　他以前见过她的照片，在朋友的手机里，抻着脖子点烟的姿势、舞台上芭蕾演出的姿势、伏案写作的姿势。"博古通今，异常有

趣"，朋友这么形容她。那时他们正在热恋，不知何故又快速分了手。见着真人，竟然恍若隔世。

吕梁回头看见他，笑着打招呼："你好啊室友，我叫吕梁。"

"你好啊，我叫大暑。"他说。

"能借个扫把抹布吗？"她笑起来眼睛细细长长的，仿佛从骨头皮肤里透出光芒。他看着她，忽然觉得人生千回百转、九曲回肠，尽是伏笔。

犹似故人来。

▶ 3

在吕梁搬进来之前，她那间卧室由于房东的原因已经闲置了半年。大暑一个人住在这儿，除了乐队，没有过分亲密的朋友。人的社交行为会消磨自己的耐力和斗志，待人处世克制有礼总是没错的，无聊就对着空气说话，压着嗓子练黑嗓，隔音不好，总有隔壁的人来敲门。 Amy有时候会来找他，给他带楼下东南亚菜馆子的炒金边粉和葡萄味的Four Loko，帮他混音、试听，同他去录音棚。

Amy和他从大学开始在一起，至今快十年了，是细水长流的感情。他们谈论生死命理，也谈论柴米油盐，被人问起来是否是情侣，总是下意识地一口回绝，仿佛谈情说爱是一种对信仰的侮辱。两人算是奇怪而稳固的关系，Amy一直有男伴，来来往往过尽千帆，而他也不觉得有什么。他中间也谈过一两个无趣的女友，觉得乏味就没有再找。

或许早就已经超越了恋人，是漫长生命中相互慰藉的伴侣。

"我恋爱了。"Amy来看他的时候，大暑说。

"隔壁的女生吗？"Amy问，语气却是陈述式的。

"嗯。"大暑说。

"为什么？"Amy问。

他想了想，说："看到她的时候，觉得活着突然变得有意思了。"

"那很好呀。"Amy说，转身替他收起桌子上散落的唱片，低着头没有看他，声音笑着说，"其实你不必告诉我的。"

▶ 4

他和吕梁进展得很快，从认识到确立关系只花了两个小时。

他替她收拾屋子，摆放书籍，临到吃饭的时候他问她："如果我现在向你表白，你会答应吗？"

吕梁说："会。"

他也不觉得奇怪，只是象征性地问了一句："为什么？"

"你桌上有我喜欢的唱片。"她顿了一下，又接着说，"我常去看你演出。"

大暑是乐队主唱，小有名气。香港的文艺圈子这么小，黑金的圈子更小，被人知道也没什么奇怪吧？这么想着，他竟然心中有一丝喜悦。

▶ 5

这是一段截然不同的恋爱。

像是茫茫夜空之中陡然升上天炸裂的烟花，漂亮又惊人。

从前他觉得自己都是浮在空中的，轻飘飘的，见到吕梁，仿佛又实打实地踩在了地上，连走路都开始有了让人安心的负重感。

吕梁热烈、明丽、乖张，遍体锋芒、一针见血，就连跳芭蕾，她都带着狠辣果决的姿态，不是传统的芭蕾老师应有的习性。她写小说，言辞辛辣，销量惨淡，褒贬世态，毒辣天真，并非常人经受得住的。面对大暑，她也毫不保留。她生拉硬拽，把他从自己乏味的神坛上拉了下来。

大暑心中雀跃，像是发现了宝藏。

一个人活着太无聊，软绵绵地讨论似是而非的宗教哲学话题并不具有吸引力，为着喜爱的不同音乐流派争执也毫无意义，更遑论去对所有仅凭主观意识表达的艺术品头论足。

可吕梁就是有本事把这些都变得闪闪发光。

她对于活着有着无限的热情、勇气和耐心，并对他单调的生活嗤之以鼻。

自我反思一下的话，他确实过得乏味。他一个人生活，不愿意把自己剖开给别人看，大庭广众下讨论文学、音乐等艺术，对他而言太过羞耻，唯一可以与之讨论的Amy也早已经看透了他。乐队的文案从来不敢让他经手，生怕他写出来"我们也不知道做了什么音乐"这种话。

可是他内心又异常充实，兴许是阅读量太大，再与人交谈就会无法忍受对方的匮乏和无知，开心是自己的，不开心也是自己的。所以当他接触吕梁时，会觉得十分神奇，为什么内心这么宏大壮丽的人，还会对世界抱有这么大的期望？

▶ 6

吕梁于大暑而言，是他死灰般生命里一丝微红的炭火。

但也只是微红了。

他很快看透了她。可能脑袋里装着写东西的人，看人都入木三分，知道自己要什么、合适什么。

他们很快聊完了该聊的话题，去完了该去的书店，看完了该看的书。在爱情这场博弈里，没有了风花雪月的罗曼蒂克做掩饰，剩下的都变得寡淡。吕梁曾经新奇的言论，一而再再而三地抖出来，变成老梗。

她太想改变他，把他变成跟自己一样热烈的人。一旦意识到这种势头，大暑便开始抗拒。一个人已经习惯了，他宁可跟她像两条平行线一样永不交叉，也不愿意有所重合。

吕梁是一个笼子，妄图圈住他这只鸟。

▶ 7

"分手吧？"吕梁说。

"为什么？"大暑说。

"我也无聊了，热情已经枯竭了。"吕梁说。

"好。"大暑说。

这是他们恋爱的第二十天，在他们互相看透的时候。他们看透得太快，像疾驰而过的火车，轰鸣而来，满世界噪音。

▶ **8**

"我觉得你像是在找什么一样。" Amy同他说。

Amy看他看得比吕梁看他还透，她看透了他的怯懦。Amy第一次见到大暑，已经是十几年前的事情，是在维港，钟楼下边的栈道，一群人围着一支小乐队，大暑就是主唱。当时是晚上八点，她刚刚加班结束，远远听到了这个声音，透亮而歇斯底里。她好奇地过去看了两眼，不料一看就是六个小时。那时的大暑蹦蹦跳跳，有着无限的活力，能把欢快的曲子唱出悲伤的情绪来，大约心里也住着个小小的矛盾体。

翌日回学校处理一些毕业手续，从大学站往外走时，她不留神看到了熟悉的背影。尾随过去，多方打听，才知道是大二的学弟，学校管弦乐队的三提琴手。不知为何，她突然想要亲近他。彼时Amy已经是能独当一面的经纪公司经理人，马上就要独自接手小有名气的人，却自告奋勇，兼职了学校管弦乐队的经理。

所谓心怀鬼胎，大概就是这个意思。

此后，她一直陪伴着大暑，为他打理音乐上的所有外务。大暑于她而言，与其说是恋人，不如说是一个需要被呵护的孩子。

"你跟她在一起，扪心自问，真的是因为喜欢吗？或许你是为了在她身上找到一点自由而已，可一旦她发现了你其实不是那么好，你的自由也就荡然无存。"

这么多年，Amy一直待在大暑身边，只是痴迷他身上独特的气质，简单、天真、骄傲、奇怪、拧巴，偏偏也还有着怅惘的诗人特质，让她忍不住想把他捧在手心里好好宠着。无论长到多大，大暑一直是她心里那个小小的少年，就跟第一次遇见他一样，不差分毫。

"说到底，恋爱乃至婚姻，是给自己上了一把锁而已。所谓人的归属，灵魂、感情、肉体种种，把自己锁上，出不去，才是归属。不愿意的话，一辈子流浪咯！所有宣称的坦坦荡荡、敢爱敢恨，说到底不过是胆小。"

听完Amy的话，大暑心中翻腾着千言万语，不知如何吐露。天星小轮的风都是灼人的，Amy半倚在座位上，腿上稳稳搁着他爱吃的小点心，发糕、虾饺和蛋挞以及炒金边河粉。他一向不愿意见Amy，她什么都懂，又什么都不说。她站在他世界的制高点，审视着他每一个动作，令他无处藏身。可她又是温柔的、不具攻击性的，实在没有过分触目的危险，使他得以像孩童一般依赖着她。

他突然想起来一句话——她什么都懂，什么都宽宥你。

她是他的吗啡。

9

分手的时候，他觉得掏心又漫长。她说要送他东西，翻出窦唯的唱片——《殃金咒》。

"我喜欢这张唱片，它有神奇的清理情绪的功能，大量的噪音，反而能让人心神宁静。你的一生太过顺遂，也许所有的忧愁只是会想鱼里会不会有刺而已，所以可能它对你来说没什么用。你知道的东西太多，人情冷暖对你而言反而一无是处，可是我不一样。

"可能身体就只是一个容器，盛载着我们在人世的种种情绪。容量有它的限度，需要定期清空才能有更强大的空间去迎接新的生活，所以呀, 我要把你清空了。

"在你之前, 我也谈过一些恋爱, 我的耐力、信心、对人的喜欢, 都建立在不断摧毁与重生的精神之上, 可是我到现在和你分手, 还是会伤心, 也是挺可笑的。"

吕梁收拾掉行李, 快速为房子找好了下一任租客, 除了一张唱片, 什么都没留下。在遇到吕梁之前, 大暑从来不是恋旧的人, 也不会优柔寡断, 非得等到她把他削骨剥皮之后, 他才恍然觉得失去了什么。

但是也只能失去了吧, 他没有勇气去留住一个已经看透了他的人。

▶ 10

分手之后, 大暑常常会回想自己的一生值不值得、应不应该去寻求新的信仰, 或者找一个新的真正是灵魂归属的恋人。想想吕梁, 可能是他已有生命力最新鲜动人的时光。

何其有幸, 曾遇到个火种; 何其不幸, 亲手将其熄灭。

扫码即听
《以为你会不同, 但人人都相同》

雨天迎面的车灯刺眼

晴天暴雨来得毫无防备

生命中的许多事

并非等你准备好才发生

正如你的出现

不论过去、现在、未来

我将此归类为一次意外

立秋已至

今夜后，暑去凉来

感情成熟时

见对方眉头微皱

都会心波荡漾

爱与秋

都很美、很美

13/24

立秋

the Beginning of Autumn

余生
请你多指教

the Beginning of Autumn

立秋

▶ 1

立秋拿着验孕棒，心里抖了抖，转头把它扔进了垃圾桶。出了卫生间隔间洗手，看着镜子里的自己，妆不错。呆了呆，又转头把验孕棒捡了起来，扔在洗手台上。

O'Hare Airport。这是她第一次来芝加哥，凭着COT会员的身份来参加MDRT百万圆桌会议，穿着奥运会入场装一样的衣服，在香港区旗和中国国旗背景下，走过长长的红毯。

已经做到业内前5%了。

5岁在香港上小学，11岁上中学，16岁念英国本科，19岁回港念master，20岁半研究生毕业工作。立秋的人生像是一次接着一次按快进，咻咻往前猛冲，才25岁，事业欣欣向荣。

突如其来的孩子，像是猛然一个pause键，咔嚓一声，告诉她，停！

对着镜子胡乱洗了把脸，妆只化了一点。瞄到洗手台上的验孕棒，一怔，把它塞进包里，认认真真地，把妆卸了。

出去的时候正在登机，同事见着她大惊。她摆摆手说："有十几个小时要睡呢，你也卸了吧。" 回想起来，她已经很多年没有素颜见人了。

再见了，芝加哥。

▶ **2**

香港落地时手机叮叮作响，是苏明，一连几十条大同小异的"想你"。

立秋盯着手机想，我也想你呀。

晚上八点半天已经全黑，熟悉的冷气叫立秋裹紧了衣服，推着行李一路小跑。到达口人群簇拥，她一眼就认出了他——瘦高个子，神采奕奕。

苏明朝她挥手，高高捧着一盒点心，她闭着眼睛都能猜到是添好运的桂花糕，她最爱吃。

凉，甜，不腻。

立秋依偎着苏明，千丝万缕的小喜悦从心里冒出。有苏明的地方，她才有了归宿。结婚至今五年，没红过脸，亲亲热热不能分开一天。

这是要跟他过一辈子的人呀，要一起进养老院打情骂俏的。

生活才刚刚好起来，为什么就那么凑巧呢？

"爸爸……我怀孕了。"回家的车上凉风阵阵，立秋说。她一出什么事就喜欢叫他"爸爸"，而他总是乐于替她收拾残局。

她感觉到苏明的手抖了抖，车窗被他按了上去。

"嗯。"他说，"别着凉了，乖。"

▶ **3**

第一次同苏明说话，还在念master。

在main library旁的星巴克，学生证不小心弄丢了，不能按学生价。刚想操着广东话蒙混过关，后面递了本学生证过来，好听的声音在对店员说："她是我同学。"

是苏明。

他们常常在图书馆打照面，脸熟——不过从未说过话，因缘际会成了恋人，太过契合，毕业就结了婚。

苏明是北京人。立秋母亲已经过世，父亲早已不再来往，她孑然一身嫁给了他。

一段皆大欢喜的姻缘。苏明长她三岁，同届master毕业，在无印良品做营销管理，是有天赋和格局的绅士。对，是绅士，年月沉淀下来的温润气质，使他在急于求成的香港男生中拔群而出，反倒成了一股清流。

立秋爱极了他这股质感，恨不得年年月月、日日夜夜都缠着他。

"我也一点都不舍得你呀，小圆脸蛋儿，做事老是迷迷糊糊、丢三落四，萌得不行。"苏明总是这么对她说，一口京片儿字正腔圆，立秋百听不倦，很是受用。

▶ 4

机场回北角，一路上没有堵车，早早回了家。

"很晚了，早点睡。"苏明抱抱她，柔声说。

"你别这样不说话……我怕。"立秋说。

"你慌吗？"苏明问。

慌？怎么会不慌呢？她自己都还没有长大，一直活在苏明的庇护之下，撒娇都撒不够，哪里有能力好好照顾宝宝呢？其次，年轻夫妻，工作才刚刚起步，宝宝一出世，接二连三的琐事，拖慢自己的生活不说，还会影响宝宝成长。

归根结底，她根本不愿意让宝宝孤零零一个人，来到这个苦难的世间。

"你还在担心？"苏明搂住她。立秋吸吸鼻子，有点想哭。苏明捂住她的眼睛，说："不哭不哭，是我错了，不该提的。"

立秋擦擦眼泪，打趣道："没事儿，我也不知道为什么……"

苏明不说话，只能又抱住了她。

▶ 5

小时候，大概四五岁，母亲爱跳舞，带她去舞厅；爱看电影，带她去电影院；爱喝下午茶，带她去半岛酒店……每个地方，都会有一个叔叔，母亲说："叫爸爸。"

四五岁的年纪，学会了冷眼旁观。舞厅总会有人问她："这个是你妈妈，那这个是不是你爸爸呀？"她会说："是呀。"乖巧得像个洋娃娃。

而真爸爸呢？他以牙还牙，于是立秋有了阿姨。

他们当时年轻，母亲分了手，父亲求了婚，认识一个月就结婚。港大博士的圈子就这么小，碍着脸面，即使不相爱也没有分开。母亲在世时，总是悲戚地望着她，说："你要乖乖的，爸爸妈妈是因为你才在一起的。"她只会在心中冷笑，面上不露分毫。

高中毕业，母亲脑癌过世，她孤身赴英。16岁的年纪，在转机的迪拜机场迷路，咬着牙没给家里打过一个电话。后来父亲娶了只大她五岁的酒店服务员，还未成年时，断了她所有的生活费，除了讨要学费，再无往来。

在家庭的这场战役里，她输得倾家荡产。

她明明什么错都没有，却成了最大的牺牲品。

如果生儿育女不是基于相爱，那所有的性行为都毫无意义。

▶ **6**

"其实我最大的愿望，是弹琴、摄影或者写作，而不是卖保险。"立秋望着苏明，泪眼婆娑，说，"我干得不错，才25岁呢，已经能去MDRT了。可是有什么办法，我干得再好，都只不过是个卖保险的。我已经选择了连我自己都嫌弃的人生，只是为了能有钱而已。"

苏明戚戚搂着她，想把所有的怀抱都给她。她随手擦擦眼泪，又继续说："其实小时候也是被好好捧在手心里过的，他们连对我好都是钩心斗角的：一个给了零花钱，另一个就会给更多；一个买了好吃的好玩的，另一个就会随手扔过来一个包包让我装书——长大以后才知道那是普通人用一整年工资都买不起的东西。可是妈妈死了，我爸像没了对手的斗鸡一样，转而攻击作为替代品的我。可是，我到底做错了什么呢？"

苏明拿衣袖给她擦眼泪，她哭得一抽一抽的，又不敢哭出声儿来，这是长年累月压抑成长环境下察言观色烙下的心病。她总是呢喃着唤他"爸爸"，也不过是想得到些许父亲从未施舍给她的爱。想到这里，苏明如鲠在喉，"没事儿没事儿了啊，你好好儿的，有我在呢！"

立秋靠着他，胡乱地擦拭眼睛。其实眼泪流得差不多了，她有点想笑笑缓和气氛，但又笑不出来，只能压着嗓子接着说："你也知道，我不想流产，我爸妈……流过太多，只是没有责任心罢了。可我又舍不得他过得不好——我们现在，还没有足够的钱让他应有尽有。"她压着嗓子难受，咳了咳，继续说，"又让你看笑话啦，哭得这么难看，还好我没化妆。"

苏明被她逗笑了，亲了亲她的脸，说："都好看。"他转身去洗手间，拿了湿毛巾，细细致致地给她擦脸，说："我其实也不想他这么快来的，咱们俩才结婚多久呀，还没玩够呢。可是回过头想想，如果只是因为我们没玩够、没挣够钱，就不给宝宝出来玩的权利，这样对宝宝多不公平呀！更何况，如果去流产，你的身体会更糟糕，就算你舍得，我也一丁点都舍不得。"

立秋小鸡啄米似的点头，说："那我生完宝宝就快马加鞭给他挣奶粉钱、攒媳妇本儿！"

苏明刮她小鼻子，笑说："没准是个女孩儿呢。"

"那就让女婿入赘，我才不放我宝宝走！"

"所以呀，凡事都不用担心的，只要好好爱着他，就已经是最好的成长了。"苏明又亲了亲她，按熄床头灯，搂着她说，"睡吧。"

▶ 7

北角的夜温柔得叫人沉醉，窗外就是海湾，由近及远是施工工地、码头和货船。睡的时候，立秋习惯留窗一条缝通风。此刻下了雨，雨打在窗户上，透着缝偶尔渗进来一两滴。她听着雨声，噼啪作响，竟觉得分外宁静。

　　25年，在心里默念这两个字的时候，心中莫名涌出一股惆怅，恍觉浮生阅尽。

　　过往跌宕起伏，历历在目，如今亦只求一个现世安稳。

　　兴许20岁是一个节点，20岁以前，一个人孤勇向前，无所畏惧，年少气盛，妄图去挑衅举世的不公。四处碰壁，穷途末路，连号啕大哭的勇气都没有。每跟父亲打一次电话，她就如同身坠无边黑暗，万劫不复，不敢去讨要丝毫温情。

　　20岁之后被苏明抽丝剥茧地救赎，忙不迭地跑到他怀里摇尾乞怜，好像一个囚徒从监牢里放出来，太阳那么大，灼得眼疼，还是不顾一切地跑了起来。

　　他大手一挥，驱散了她生命里无孔不入的恐惧。

　　向她伸手，带她远走。

▶ 8

　　立秋又往他怀里缩了缩，喃喃道："爱你噢，爸爸。"

　　"我也爱你。"苏明凑近她耳朵小声说。

扫码即听
《余生请你多指教》

处暑中的"处"字
是躲藏、终止的意思
两个字合在一起
寓意着夏天的结束
车水马龙、人来人往
人和时间就这么过去
爱情升温又降温
天生不属于你的人
相逢再炽烈缠绵
过后再念念不忘
都只是一场疾风

14/24

处暑

the End of Heat

你真的以为
我们两清了？

the End of Heat

▶ **1**

2015年是农历乙未年。台风苏迪罗横扫闽南、天津滨海新区爆炸、中东局势动乱……这一年，顾媚拒了一次婚，劈了一次腿，逃了一次婚，又劈了一次腿。

你看，跌宕起伏、快意自在的履历，放在整个流离失所、生离死别的世界面前，不值一提。几个人的爱恨纠葛，从来都微不足道。

逃婚之后，顾媚好像在香港人间蒸发了，从上班的公司辞职，租的房子退房，爱逛的商场没有消费记录。从一座城市消失是多么容易的一件事情，拔掉网线、关掉手机，切断与所有旧时人事物的关联，没有人找得到你。

▶ 2

陈处是她无聊世界一次极其狂妄的冒险。

逃婚那天，她紧抱着大婚纱裙摆，慌不择路地拦下一辆车，从后视镜里对着司机说："带我走！"他们在镜子里四目相对，陈处微皱着眉，说："好。"透过车窗，她看见外后视镜里拼命追赶的新郎，姿态滑稽。

顾媚承认，她狂妄到胆大包天。

但没人会拒绝送上门的美人，至少在故事的开头。

她同陈处厮磨在一起，在皇后大道的小房间，没有窗户，暗无天日，饿了下楼去711买凌晨打折13块钱的水果沙拉，顺手带一盒避孕套。他们白天睡觉，晚上做爱、看老电影、堆积木、抽烟、喝酒、飞叶子。

唯一一次白天下楼，她碰上了小满，硬生生、毫无防备，迎头相对。

▶ 3

顾媚眉头挑了挑，心里吹过一阵微风。这一年，她拒了宁瑾的婚，劈了小满的腿，逃了小满的婚，劈了陈处的腿，波澜壮阔，好不精彩。

小满蓬头垢面、神情憔悴，看到顾媚，忽然眼睛里又有了神采，正要朝她扑过去，她移了移身子，他扑了空。她是朵红玫瑰，卖花的人告诉她，你要把刺拔掉才会有人买你。她吊着一口气不拔，买花的人依然络绎不绝，扎得浑身是血，还是死不放手。

她还记得年少时，他们一起写作业，但凡她把作业推给他，他都会二话不说地写完，还会偷偷瞄她。她从那时开始明白美貌的好处，她美得横行霸道且恃美行凶，一路走过来，路上尸横遍野，也不会有一个人说一个"不"字。

一切都理所当然，她受得起。

小满问："为什么？"为什么要逃婚？为什么不说一句就消失？为什么一个挽留的机会都不给？

顾媚拿起两盒鱼丸去柜台结账，她挺直腰身仰着脖子，回头对他说："不为什么。"

八达通嘀的一声支付成功，像是一个尴尬的终止符。她捧着鱼丸，抬脚向店外闷热的世界走去。

有人说，如果别人抓住你的手不让你走，你要狠下心断臂求生。可她不一样，她会挥刀砍掉对方的手。一刀砍下去，干脆利落，到了没人的地方，再一根一根把手指掰下来，随手扔在荒地里，身上滴血不沾。

行云流水。

▶ 4

回到房间，顾媚把鱼丸递给陈处，洗昨天脏了的床单，随口说："在楼下碰到前任。"

陈处端着鱼丸走到她身边喂她，给她擦脸上溅的水珠，温声说："那跟我有什么关系呢？"

他们相视一笑，无须赘言。陈处同她都是一样的人，浑身带刺，与其说是恋爱，不如说是一场势均力敌的博弈，比比谁更伤人不见血。前任这些事，他不想听，她也懒得解释，毕竟谁也不一定是对方最后一个，何必挖坟？

"不过，他要是过来，我替你挡他？"陈处又问。

顾媚摇头示意不用。她太了解小满，她是他的软肋，他根本舍不得给她一丁点脸色。而陈处和她，互为对方的盔甲，仿佛有了他，她就有了跟全世界为敌的勇气。

顾媚是结算了一个月的工资后同陈处私奔，应该算是私奔。陈处的家当除了一辆小跑只剩一些零钱，他们最开始住在中环的四季酒店，捉襟见肘后转去皇后大道的小旅馆，天差地别也不过相互嘲讽一下——嘻，你也有今天！呵，还好没有流落街头。

她消受得起最好的，也从不在乎最差的。一件破布披在身上，她也有无限信心去走秀场。陈处也是。

有次从兰桂坊一家酒馆出来，两人不约而同的动作都是蹲在大马路过道上抽烟。仿佛乱世中的惊鸿一瞥，落在眼里的是自己久久流浪在世间的另一个灵魂。顾媚感觉自己脑子里边炸了——嘭！你无药可救了。除了陈处，别人谁都不可以。

顾媚点点钱，心里盘算了一下，同陈处说："剩下的钱，我们租个房子，我去上班。"

陈处歪歪脑袋，思索一下，说："我可以去卖车，还能撑。"

顾媚瞪了他一眼又摇头，陈处那辆车只是入门小跑，又不是限量版，卖不了多少价钱。

"那你等我。"陈处说着捞了件衬衫就出了门，"等我回来，我们就有很多很多的钱了。"

▶ 5

　　但是顾媚晾好床单，睡了一觉，陈处没有回来。

　　又一晚，仍不见踪影。

　　一个月后，她在电视上见到了他。

　　陈公子挽着母亲的手，宣布家族公司的上市计划，在出海游轮上办盛大的上市派对。娱乐版报道他的桃色绯闻，财经版是他的单人访谈，连地铁道里都是他公司的产品广告。

顾媚收拾好行李，连他的一同带走，路过垃圾桶，用力砸了进去。

我不哭，我愿赌服输。《致我们终将逝去的青春》里面，陈孝正走了，郑微也是这么说的。

她从小样样拔尖，拥有最动人的脸、最好的学校、最优渥的工资，唯独恋爱这门课，她修了无数次选修，依然是次次fail。她只会无法无天地挑衅每一个选修老师，或许再多选修都比不上一门必修，必修她要是挂科就毕不了业，必须豁出一切绞尽脑汁去拿一个pass。而陈处闯进她的教室，赶走所有的选修老师，堂而皇之在黑板上写下"必修"，宣告自己的绝对量裁权。

可她课时还没修满，任课老师就消失不见了，无声宣判她挂科。

她连再上选修课的力气都被抽得一干二净。

顾媚打起精神，重新找了工作，租了房子，从头到尾，一滴眼泪都没掉。从小到大，她一直都无坚不摧、攻无不克，周身是金刚铠甲。可是这次，她只是怕自己一哭，世界就会轰然坍塌，从前作恶太多，她罪有应得。

归根结底，不过又是个落跑新娘和叛逆小开的私奔故事，俗套得很。

这座城市1104平方公里，737万人，11条地铁线，154个站点，每天身边匆匆路过赶去上班赴约的人各有各的悲喜哀乐，她无从知晓，她没必要知道。故事都是自己的，抽两根烟，偶尔想想，到此为止。

▶ 6

陈处离开的第6个月，她接到了他的电话，闭着眼睛都能认出他的声音。

这半年，顾媚总是做着同样的梦，梦到陈处和她变得很老很老了，他先她一步走了。每次梦的地方都不一样，有时候是在家里床上，有时候是在轮椅上，有时候是在送往医院的路上。梦总是一层连着一层，有时候这层梦醒来了，再醒来，又得去下一层梦里面。

他变成飞鸟，扑棱着翅膀。这时太阳光落在他羽毛上，他什么话也不说，往太阳的方向飞去。太阳太晃眼，她只能闭上眼睛，等到睁开眼，空荡荡的房间，一个人睡的床。陈处，终究是留不住的。

"你好吗？"那边问。

楼下的店铺在放着杨千嬅的歌，以命相搏的气力。

"纵使天主不忍心我们如垃圾般污秽，抱着你不枉献世。"

▶ 7

陈处以前总说，半斤八两。

陈处和顾媚，旗鼓相当、棋逢对手，谁也不肯让一步。像拳击场上的拳手，戴着牙套，面色凶狠、眼神凌厉，妄图一招致命。明眼人一看就明白，这场仗，谁也占不着便宜，谁也不能输得彻底。

"比你好。"她不会输。

扫码即听
《你真的以为我们两清了？》

九月天气转凉

夜晚水汽凝结

清晨的叶片上会有露珠

这是白露名字的由来

婚姻落到忍无可忍的境地

转凉的眼神

兴许也会在夜晚落下水珠

爱情玄妙之处

在于陪你风餐露宿的女孩

未必是柴米油盐的妻

陪你度过坎坷的人

未必能与他成就一段隽永

咽下苦涩以后

你终于可以笑对旁人道

噢，和他的故事，都过去了

15/24

白露

White Dew

一生之旅,
有几多新伴侣

White Dew

白露

1

> 一起这门艺术
> 如果只是漫长忍让
> 应感激忠心的伴侣

2

婚礼很顺利,新郎也俊朗,是她高攀了他。白露按着胸口,心悬着落不了地。

白露在杜康电脑上见过清明。桌面上一个醒目的文件夹——"清明",点进去,都是叶清明。笑的、不笑的、全身的、半脸的,十年前的，还有今年的，看得眼花缭乱，眉眼清逸，典型的江南姑娘，不像她，鼻梁塌陷、平庸无奇，确实是争不过的。

婚礼上敬酒时又见到叶清明，白露一眼便认出了她。明明是寡淡的面相，却平白横生出一缕风情。白露心下一跳，高跟鞋太高，不慎崴了脚，一杯酒直接泼在了叶清明身上。她眼睁睁地看着酒飞了出去，酒杯碎在地上，一时间慌乱不已。不料清明面上丝毫不乱，只是稳稳地站了起来，对她与杜康说："碎碎平安，万事如意。"

白露不敢说一句话，生怕一个举动便错了。可杜康直直地掠过了清明，扶着她往下一桌敬酒，一言不发。她说不上什么滋味，想要欢喜又欢喜不起来。睨着杜康的神色，像是窃喜，又好像落败，一个嘴角往上吊着，竟看不出究竟是冷笑还是愉悦。

真真假假，虚虚实实。她恍惚间觉得，自己的一生，莫名被卷进了别人的故事。

她唯一能做的，不过是赌上自己一颗真心，输了也不要紧，谁让那个人是杜康呢！

甘之如饴，矢志不渝。

3

杜康扶着白露，目光在清明身上停留了一会儿。等他抬起头来看，这一桌尽是高中同学，个个神色暧昧地盯着他们三个。年少时爱恨离合、轰轰烈烈，十几年过去，在场的人怕是没有几个不知晓过去那段。

杜康攥紧了白露，低垂着眼，只告诉自己，已经结婚了，不要想太多。

正式认识白露还不足一年，母亲好友的女儿，小时候他还会辅导她功课。相亲、约会、求婚、预订酒店、修改婚纱、走婚礼流程……每个步骤都按部就班，一个不落。

婚姻于杜康而言，是场各取所需的角色交换。他需要一个为他料理家事的妻子，需要一个孩子，需要一个服从他的家庭。他已经30岁了，一段看似和睦的婚姻，会是事业的助力，白露很合适。

他去洗手台洗了把脸，闭上眼，脑子里忽然闪过这些年交往过的各色女友，每个人都会说："我们一起努力，一起在香港好好生活下去。"她们兴致勃勃，把未来规划写在脸上，回过头，把他放在最后一位，"你给不了我想要的。"确实给不了，那就好聚好散。

杜康点了根烟，又回想起清明，一烦，随手作势要弹烟灰。

"所以兜兜转转，你挑了她？"清明的声音在身后响起来。

杜康弹烟的手凝在半空，烟灰堪堪掉落在他鞋面上，他头也不回，"她好。"

▶ 4

白露有时候会想起小学五年级的那个夏天，院子里突然分外热闹，邻居家常常早上起来朗读英文的哥哥，听说考上了香港的大学。那时白露11岁，杜康刚刚18岁。

11岁以后的时间，白露开始一个人上下学。

如果有时光机这种东西，白露一定、一定回到十几岁的时候，把自己收拾得整洁修长，去老老实实上大学、上高中，而非一时叛逆去念师范；然后再跑回婚礼，风风光光嫁给杜康，而不是像现在，看见他的前女友根本不敢说一个字。

窗外夜色如画，白露攥着裙角坐在卧室里，床上铺着花瓣，她动也不敢动，怕把床铺弄皱了。八点、九点、十点、十一点、十二点……杜康终于回来，喝得大醉，倒床不起。

白露打起精神，招呼好客人，回房给他脱鞋换衣洗脸，静静洗漱，关灯，躺在他身边，听着他深深浅浅的呼吸，深呼吸，对自己说，加油啊，白露！

睡到半夜惊醒，一侧头，发现杜康半睁着眼看着她，手指似乎隔着空气在抚摸她的脸。她愣了愣神，装作没看到的样子，翻了一个身，装作睡了过去。不知僵持了多久，在她迷迷糊糊又要睡去时，杜康从背后抱住了她。

她默不作声。

良久才听得他说："对不起。"声音嘶哑，吐出的气还有一股酒味。

白露眼睛有点湿，涩涩的，哭不出来。她不是善于表达情绪的人，相亲的时候，她已经预见到了今日。杜康表现得太过完美，滴水不漏，送的礼物都是女生喜爱的包袋，她也许不过是他批量赠送的诸多女友中的一员。

她还年轻，23岁，完全可以选择嫁个丘镇中意的公务员小伙子、住市中心的房子，等孩子大了托关系上丘镇最好的小学、中学。可是杜康闯进了她的世界，还带着一个婚姻的承诺。这是她孩童时期就心心念念的人，如今躺在一张床上，竟然这样陌生。

如果这是个火坑，也是她自己心甘情愿跳进来的。

没关系。她在心里回答他。

▶ 5

折回十年前，杜康从未想过自己的30岁会变成这个样子。

那个时候的全世界，都是以后要娶清明，要跟她一起去深圳或者广州，要一起努力买一个大房子。事情从什么时候开始变质的？他也忘记了。不知道从什么时候开始，他会嘲讽她、冷落她，吵得厉害了会动手打她，两个人分道扬镳。

当时笃定分手，自以为举世都站在自己这边，对方的挽留落在自己眼里，变成了胜利的号角。

叶清明，我赢了，你输了，你也不过如此。

或许世间机缘，逃不过阴差阳错，也挣不脱人情世故。

白露来得刚刚好，他刚刚好买得起新界的房，刚刚好急需结婚。下一步，大约是刚刚好要一个孩子，送他上下学，跟他争论生活费的尺短寸长，看他结婚生子。也或许，会细水长流地习惯新妻子，敬重她、喜欢她。

他终究没有活成自己年少时候想要活成的样子，注定不过是失魂落魄，草草一生。

▶ 6

收拾杜康衣物的时候，白露发现了一根头发，长，卷，褐色。

此时已经结婚小半年，他们有正常的沟通、交流和性生活。

可这明显不是她的头发。上Facebook搜索叶清明，发现也不是清明的。

莫名地，白露长舒了一口气。只要不是叶清明，其他换谁都可以。

回头做饭的时候，她才突然意识到事情的可怕——她的丈夫，出轨了，在还算新婚的时候。转念一想又觉得可笑，他又不曾爱过她，又何谈出轨呢？

晚上吃饭，杜康不太吃得下，饭扒到一半就回卧室，一直关门不出来。九点钟，担心他饿，白露又热了饭。碗太烫，不留神掉在了地上，汤水在地上无规则地流。

杜康皱眉，说："不会做就别做了。"

白露一滞，听着语气不对，忙伏下身子擦地，间隙问他："怎么好像不开心？"

"没什么。"杜康说。

"说说嘛。"白露柔声说。

"说了你也听不懂。"杜康摆摆手。

白露忽然想起那根头发，咬咬牙大着胆子说："没准我懂呢。"

"我不说行不行？"杜康说。

白露讪笑，只得换了一个话题，说："这个月买菜的钱快没了，你明天走的时候放些钱在门关吧。"

杜康一愣，问："怎么花得这么快？"

"物价贵嘛。"白露说。

"还是持家一点好。"杜康笃定地说。

白露心里琢磨了一下，并没有多花钱，每个月她还从自己带过来的嫁妆里换了一些港元补贴家用，没道理会让人觉得败家，于是接着说："每天吃这些不多不少，再少就显得不够了。要是觉得花得太多，下个月我自己想想办法吧。"说这些，多少有点赌气的成分，杜康这段时间说话阴阳怪气，让人摸不透心思。

"那你自己想办法吧。"杜康撂下一句话，越过她去洗澡。

▶ 7

杜康常常会思考活着的意义。

年少的时候以为，要闯出去，要撞得头破血流才不枉此生。

大学时认定要过讲究的生活，要好酒好车，要美人在怀，要舒展宏愿、扬眉吐气。

而今才忽觉过去半生时时在做梦，梦醒来时孑然一身，无力感从四面八方潮涌而入。

炒股、供楼，新婚、摆酒，升职、加薪。

还有苟活。

其实谁又不曾碌碌而生？可是谁也都想活得快意自如。快意自如……或许清明能做到吧？

杜康在公司电梯里见过清明一次。公司任职的通知早已听说，不过一直没见过面。外聘来的年轻财务总监，引人议论纷纷。杜康从未参与讨论，他只是待在格子间里，处理着报表数据。流言像是裹了芥末的糖，猝不及防吞下去，辣得红了双目。

当时电梯里只有他们两人，杜康来早了，刚巧碰上清明。

16楼，他摁亮；26楼，她摁亮。

关门。

"新婚快乐！"长久的沉默后，清明突然说道。面对毫无准备的对话，杜康只能说："多谢。"他想了想，又说道，"你也结个婚，定定心吧。"

清明忽然一笑，问道："结婚是什么感觉？"杜康会心一笑，这么多年过去，他还是能懂她的弦外之音。曾经顶着压力恋爱，活在流言的风口浪尖上，使他打了退堂鼓。

"养家糊口、柴米油盐，感觉现在才脚踏实地站在地上。"16楼到了，杜康笑着看她，礼貌地握了手。电梯门合上之前，清明对他说："新婚快乐。"

杜康看着合上的门，数字跳动着，在26楼停了下来，又逐渐降为1。

他曾给过她一生安稳的誓言，不想却要在另一个人身上兑现。又或许……兑现得不那么完美，可人生不就是这样一直不完美吗？

▶ **8**

白露最近右眼直跳，觉得不太安稳。

她向来是个聪明人，不过人前装得笨了一点。杜康这个样子，虽然不愿意承认，可她确实看透了。他的文件夹里又多了几张叶清明，常常回到家香水的气味不一样。面对她时，心情好就随意开几句玩笑，心情不好就冷言冷语、毫无顾忌，不过是欺负她在香港只能靠他一个人而已。

白露睁一只眼闭一只眼，处处忍让，杜康就肆无忌惮、步步紧逼。当初是他亲手折断了她的翅膀，现在反而要怪她不会飞，真是把他惯坏了呢！

惯着惯着，心冷了下来。撤掉她盲目设置在他头顶的光环，他不过是个普通的上班族，拿着没有起伏的工资，供着昂贵的房贷，日复一日重复着同样的事情。上班、偷欢，回家宣示主权、亲友面前扮演好人，同丘镇大大小小的男性，并无甚大区别。

▶ 9

白露喜欢自己，杜康知道。

这让他感到彷徨，不知道该如何面对她。她双手捧上满心的爱，身上贴满了妻子的标签。唯一的解决办法，是给她他能给得起的物质，去补偿她，又明里暗里去暗示她，他不爱她。杜康很清楚自己的斤两——生得好看，还是会有人中意他。比如白露，比如婚后别的什么人。也是有过后悔的，后悔把一段婚姻搞砸了。有时候回家，看见一桌饭菜都会觉得心虚。

可是时间一久，过上个把月，口口声声悔不当初，却身体力行，重蹈覆辙。

同清明的过去耗尽了他的力气，事到如今，再爱已力不从心。世人总是责怪爱得少的那一方，可谁又知他们心中的煎熬？

▶ 10

白露买菜回家的时候路过商场，一时兴起进去逛了逛，忘了时间。回家时杜康已经冷着脸坐在饭桌旁，好看的脸，五官却直愣愣地吊着，每个细节都在告诉她，他很生气。

本来已经是司空见惯的事情，白露却突然没有了耐性。

她径直往厨房走去，闷声做饭切菜，端上桌摆好碗筷，等了一会儿杜康没有动筷子，她就先给自己夹了菜。

"你在家，你妈妈是这么教你的？"杜康见她吃饭，便说。

"嗯？"白露说。

"怎么这么晚回来？"杜康问。

"你紧张我？"白露反问。

"你故意的？"杜康又问。

白露心中一软，解释道："我路过一个商场，衣服在打折，就去看了看。"

"怎么没买？"杜康问。

白露刚欲说话，就被杜康抢白了过去，"你在外面有人了吧？不用找借口了。"

白露瞪大眼睛，怔了一会儿，回过神来，觉得看了一场天大的笑话，不自觉地笑了出来，说："你是怎么看出来的？"

"你就说是不是。"杜康说。

白露闷声吃完了饭，收完了碗筷，不等杜康吃饭，就把饭菜都给倒了，复又端坐了下来，慢条斯理地道："我有没有你也应该清楚，你有没有我也很清楚，就不用挑明了吧？"

话音刚落，她耳朵突然轰鸣，无端挨了一巴掌。

除了杜康，还能有谁？

▶ 11

杜康眼睁睁地看着自己抡出去的手，又看向白露。

她悲戚的脸、惊愕的眼，像是又一个叶清明。

扫码即听
《一生之旅，有儿多新伴侣》

气候由热转凉

少年时追求激情

成熟后迷恋平庸

寻找、伤害、背离之后

我记住的还是最好的你

迷失的人迷失了

相逢的人会再相逢

"茫茫人生好似荒野"

幸好你们爱过

16/24

秋分

the Autumn Equinox

你走后，
想起的
都是最好的你

the Autumn Equinox

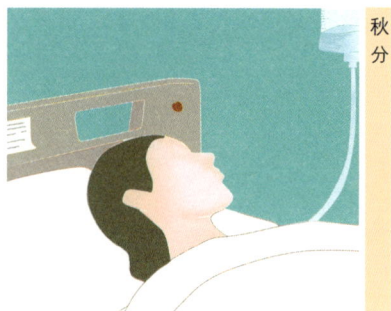

▶ 1

2006年的香港似乎是冷的，那天早上，秋平被电话铃声吵醒，韵之在电话那头声音压抑，"秋平，我疼。"

等赶到医院的时候，迎头来的是女儿立秋愤怒的脸。立秋红着眼睛瞪着他说："你来了。"眼神太过凌厉，几乎叫人不敢想象这是个15岁少女的眼睛。

秋平捏了捏眉心，不由得头疼。

如果有人问起初恋，对他而言，必会是件极其难堪的事情。中学年纪太小，情爱懵懂，和韵之莫名其妙地牵了手，接了吻，成年以后不愿承认当初曾有过的尴尬恋爱。秋平不愿意承认自己的初恋是韵之，可奈何兜兜转转，最后还是同韵之结成了夫妻。

命运仿佛一张大网。

▶ 2

1978年的秋平和韵之，15岁，大连，初中，前后桌，恋爱被抓包。韵之愤而分手，依旧过着宠眷优渥的优等生生活。同韵之不同，秋平的中学过得灰暗无光、成绩平平，连谈个恋爱都被老师耳提面命，说不要影响韵之。

整个少年时期、整个高中，都有人跑过来问："章秋平，听说你和姜韵之处过对象？"得到他肯定后，还会一脸艳羡，"厉害啊！"他就这么一直活在韵之的阴影之下，高考一结束，他慌不择路地逃向了南方的大学。

初恋太过厉害，导致秋平再没谈恋爱，险些要孤独终老。

谁知命运辗转，哪怕逃到香港，还是重新遇到了。

▶ 3

千万不要和前任复合，至理名言，放之四海都毫不过时。

恋爱殊途同归，别心存侥幸。就算跟前任分手是在十二年前，十二年也是江山易改，本性难移。

1990年夏，秋平在港大念博士，凌晨三点写完论文，从东闸般咸道出来去M记。一个人捻着薯条发呆，旁边的人一直打量他，他也装作看不到。为了写论文，他已经连着三天没好好收拾自己了，确实有碍观瞻。谁知旁边那人一直瞅着他，秋平一不耐烦，扭过头去正要说

理，发觉这人有点眼熟……啊不，这人化成灰他也认识。

"姜韵之。"

"章秋平？" 韵之呀……多年不见，果然更好看了。秋平脑子里闪过自己的黑眼圈，有些恼。

▶ 4

人类常觉得内心荒凉，期望有一个可以倾诉的对象，这点在失恋的女生身上尤为普遍。又或许女生倾诉的目的都不单纯，一为取暖，二为开屏。

很久以后秋平才明白这个道理，等他明白的时候，也仍然不能拒绝任何楚楚可怜的暗示。或许，这也是男人的天性。

韵之遇到秋平的时候，刚和恋爱了五年的男友分手，整个世界崩得暗无天日，成日约秋平出来买醉。刚开始秋平还饶有兴致地听她控诉前男友，长得丑、不上进、想出轨，博士十年没毕业，绿卡也拿不到。过了一个月秋平就听烦了，翻来覆去都是同一个陈世美、黄世仁，没什么新鲜感。

韵之还没出息到去恳求复合，结果被原路退回，又跑回来找秋平哭诉："他说他不想半年才能见一次，我就说我多攒点钱每个月飞去美国看他一次嘛，他还是说不行，他要每天都能见。你说，他这不是玩我吗？"

秋平听着不耐烦，心里有那么点庆幸。他本来想拦着韵之叫她别去碰钉子，毕竟自己单身了十二年，从来没这么频繁地跟女生说过话，他也不想她就这么来也匆匆，去也匆匆。他突然脑子灵光一闪，对韵之说："我符合每天都能见啊。"嗯，这个主意很不错，说出去也好听，青梅竹马呢！

韵之瞪大了眼睛，似乎惊涛骇浪，又低头啃了好久的手指甲，才回过神来问秋平："你……在表白？"

就这样，在感情上一直都稀里糊涂的韵之，不明不白地遇上糊里糊涂的秋平，一拍即合。

恋爱，结婚，生子。

爱情故事花样百出，最后还是逃不出这六个字。

▶ 5

是爱过的。秋平扪心自问，得出这么个结论。

韵之于他而言，15岁到27岁，27岁到43岁，1978年到1990年，1990年到2006年，甚至到现在，都像是时间摆弄的戏法，仿佛花影夏雾，影影绰绰。爱情若是能实证分析，计算影响因子，想必他也不至于落得这么狼狈。抑或，他注定了要在韵之这里栽跟头。

1995年，女儿立秋4岁，他们结婚的第五年。在耶鲁，秋平捂住了立秋的眼睛，转身带她去找大比萨，他没想到会在耶鲁碰到韵之。

他原是带着立秋去普林斯顿做一年的访问学者，偶然想起韵之在耶鲁交换过，临时起意才来耶鲁游玩，不想竟碰上他们——韵之和她的前任方敬。他们贴得那样近，好似秋平才是那个第三者。

可能一切就从捂住立秋眼睛那一刻开始变了。

秋平回港没有照例给韵之带礼物，照往常的脾气，韵之会生大气，这次却分外平静。相拥而眠，韵之伏在他胸口，喃喃地对他说："我去见了方敬。"

秋平无奈地闭上眼，恨她不给他缓冲的机会，只能装傻道："他来香港了？"

韵之抱紧了他，亲亲他的脸颊，说："我去耶鲁见过他一次，他这个月刚来香港，准备定居。"

秋平翻过身，背对着韵之，说："睡吧。" 他彻夜失眠，凌晨天微青的时候，秋平轻轻对韵之耳语："你还喜欢他吗？"

不料却听见韵之清晰地回答："嗯。"

秋平一愣，脱口而出另一个问题："那你还喜欢我吗？"

韵之轻轻把头靠在他肩膀上，说："嗯。" 爱情若是一场游戏，谁又在乎输赢呢？ 说到底，这个年代，谁也没必要为了谁去守节。

▶ 6

所谓近乡情更怯，可能是指太过珍爱某个人，所以不想听到任何她不想说出来的秘密。可是如果她自己告诉你呢？韵之说："我不想伤害你。"然后一刀一刀捅在他伤口上，又回过头来说，"对不起。"

秋平吃惯了她这一套，时间一久，便也失了心志，瞧上实验室的姑娘、公司的员工，也开始毫无顾忌起来。日子过下来，竟不知到底是在跟韵之斗气，还是在跟自己斗气，兴许二者兼有吧。

韵之越走越远，连带着立秋，那个他从前一直疼爱的女儿。

糟糕的家庭里，母亲天生就占据着子女的话语权。立秋好像天生就占定了韵之，她是聪明的孩子，也心甘情愿地被甜言蜜语蒙住眼睛。

秋平有时候瞧着立秋，觉得像是一场梦。他到底为什么会结婚、会生孩子？他看着立秋从那么一小团肉渐渐长开、渐渐长高，长成明亮少女的模样。

身边的男性好友大多爱女如命，可秋平偏偏一丝一毫都没有感触。大约是恨不起来韵之，也不想去恨方敬，就只能恨立秋，恨她无缘由的羁绊，使他不能逃脱这场畸形的婚姻。

▶ 7

脑癌的种类分很多种，韵之得的这种，叫桥脑肿瘤。说来可笑，韵之自己是医生，生了病却浑然不觉，一生病就中了大奖。

兴许是患难见真情，秋平此时只觉得两眼发黑，恨不得倾家荡产来给韵之治病，只是韵之拦住了他，"没用，晚期。"然后拉住他的手，"你还喜欢我吗？"

回忆排山倒海般涌入，15岁那年冬天，韵之也是这样，从后面追上他，扯住他的手问："章秋平，你喜欢我吗？"世上女子大多以婉转娇柔为美，可他偏偏招架不住单刀直入的姜韵之，从前是这样，现在还是这样。

"你呢？"秋平反问她。

韵之回答得毫不犹豫，"喜欢呀！"

秋平的手滞了滞，紧紧回握住她，"我也喜欢你。"

事到如今，中年夫妻，事实究竟如何，已经不重要了。只要他愿意，他就一直信，信她爱他，信他爱她。归根结底，感情上的承诺、指天誓日发过的誓，都不能算数，能相信的也只有话出口时的一腔热血。

骗来骗去，自己信了就好。

我们都是偌大世间微如蝼蚁的存在，何必事事都那么较真呢？

秋平心下一酸，摸摸韵之的小脑袋，说："我下楼给你买碗粥。"

▶ 8

2006年夏天，韵之在深夜离世，立秋远走英国，不复相见。

按理来说，妻离子散、孤家寡人，应该饮泪才是，可秋平也不觉得悲戚。他娶了新妻、购了新车、买了新房，仿佛前半生不过是场梦，梦里结婚生子，又骤然离去。

梦唯一的好处可能就是，无论在梦中多伤心，醒来的时候，也只会觉得一切朦朦胧胧的，伸出手，抓不到。偶尔想起，连伤痛都是矜持的，旁人看不出分毫。

新妻林亭是动人的姑娘，在酒席上遇到，明艳动人的服务生，吃了几次饭，送了几束花，顺理成章地谈婚论嫁。

过程总是似曾相识，当初追求韵之，似乎也是这个流程。

说不上哪儿中意她，可就是处处细节都分外顺眼。韵之喜动，她喜静；韵之常生气，她总是声音绵软；韵之爱看书，她爱逛商场……明明是截然不同的人，秋平对她们的喜欢却差不了多少。

兴许是年岁越长，越不需要一个可以谈心的人，话都藏在心里，每过一年，就往上堆一层，像15岁冬天的雪，一层一层摞上去，等到想扫干净的时候，已经冻得手脚冰凉。

韵之……走了也好。

《你走后，想起的都是最好的你》

寒露起兮

残夏不张扬

秋风过后

温热化冰凉

刹那间

人生斗折蛇行、轮回几场

金石钢铁都化作了绕指的温柔

可你们竟没有一起白头

寒露

Cold Dew

你也是
感性动物吗？

寒露

Cold Dew

▶ 1

　　人到中年，就开始认命，随便什么样，只要活下去就万福了。

　　寒露瘫在出租车后座上，两只眼睛在车内扫来扫去。司机约莫四十岁上下、谢顶、大腹，嘴角挂着横肉，皮笑肉不笑的神情，怕是在家也是个说一不二的人物。

　　寒露手里攥着病历单，心中戚戚然。右乳下面隐隐刺痛，医生说有个肿瘤，换句话说，是癌。方才得知是癌的第一反应，居然不是觉得自己命不久矣，而是想着丈夫陈良安会不会伤心。

　　倒也奇怪，乳腺癌多出现于20~40岁妇女，可是自己已经45岁了。大不了，切了就是了。寒露愣神仰着头，脑子里闪过无数个词，医药费、疾病保险、宝宝学费、双方父母，一时间，一团乱麻。

出租车里空气凝滞，司机见太尴尬，递了纸巾给她，她也就道了声"多谢"，又自顾自地擤起鼻涕来。司机张张嘴，像是要出言劝解她，犹豫了一会儿，又咽了回去。

脸上一滴泪都没掉，居然叫人看出来伤心，都不容易。

她给良安去了电话。

"我在出租车上……嗯，是癌，家旁边那个医院……正在去屯门医院……有平常的保险，没有重大疾病保险……不知道家里钱够不够……嗯，我确诊了再跟你说，先这样。"最后的话题还是落在钱上，良安的语气还是照例的平淡。

他声音好听，像电视里声如洪钟的播音员。正是这样的声音，冷冷清清说起话来，就更像僵硬的录音。良安总是这样，遇事总是跳过伤怀的步骤，直接问解决办法。你要是问他，为何不多点关心啊？他就会说，这么操作最快。

可能就是个没心肝的人吧。可是偶尔想起来，还是会窝火。

▶ 2

不是冤家不聚头，或许她这辈子就命犯陈良安。

他们曾经有过很多孩子，都迫不得已地没有了。年轻时流过产，第一个会号啕大哭，第二个偶尔流泪，到第三个，也不知会良安，就自己拎着包去了医院药流，一脸麻木地听医生说"再不小心就生不出孩子了"。

其实良安也不是不尽责，方方面面都做了，问怀孕多久了、想药流还是人流、陪她去医院、给她买药、照顾她起居、询问她身体状况，只可惜，没有一点能戳到她心坎里去。照顾自己的事情，花钱请谁都可以，寒露只想听一句"你疼不疼，还伤心吗，不要哭了乖"。

这种话，想从陈良安嘴里听到，这辈子怕是不可能了。

到底以前哪根筋不对，想起来嫁给这个榆木脑袋呢？

▶ **3**

良安赶到医院的时候，寒露已经看完门诊照过彩超。

乳腺增生，开了一些药，没什么大事。

同良安讲起来，良安只是皱皱眉头，说："下次确诊了再告诉我。"寒露垂着头，他迟疑了一下，说，"没事儿就好。"

寒露只是随手把彩超照片扔进垃圾桶，闷声回了一句："回家吧。"

她刚才红着眼，看医生在她病例单子上写"胸瘤"，五雷轰顶般去做放射。脱了外套，抱着扫描机器，等照片和检查报告；辗转再去做B超，看到报告几乎要昏厥过去。再三和医生确认不是癌只是增生，不用手术只用吃药。

不知为何，得知无事，脑子一片空白，全世界都安静了下来。感觉很奇妙，像是解脱，又好似束缚，死里逃生，却仍旧要尴尬地活下去。她原本心心念念地盼着良安，盼着他来好好照顾她，甚至盼着他来指责她不注意饮食作息。可是什么都没有，或许连良安心里的一丝涟漪都没有撞开。

记得当年婚礼上良安告诉她"我可能给不了你想要的"，寒露急切地把戒指套在他无名指上，信誓旦旦地说："我也不要求你给我什么。"

年轻女子大多笃信爱情，一头扎了进去，自以为能使浪子回头，自以为母爱泛滥就可获取一丝怜惜。

唉，梁寒露，你认命吧。

▶ 4

良安好像一直都是这样，冷着一张脸，没有什么特别在意的东西，无不良嗜好。工作也好、性格也好，挑不出什么大毛病，可就是感觉缺了点什么。是温情吧？没有一点温情，做什么事都像在履行义务、完成作业。

"我要是确诊癌症，你打算……怎么跟我分开呢？"回家的地铁上，寒露迟疑了很久，心里确定即使死了，良安也并不会伤心，可是又存了一丝丝希望，才这么大着胆子问他。

良安搂着她的肩膀，说："不怎么办，能治就治，不能治就送到你走。"

"……走去哪儿？"寒露一愣，一时没明白。

"死。"

寒露觉得被人扼住了脖颈，说不出话。她不太明白良安的意思，他究竟是爱她，还是不爱她？若他爱她，如何能说出这么冷静的话？若他不爱她，又怎会存了送她终了的想法？

她一时如坠云雾之中，是是非非、真假难辨，几乎又要祭出自己一颗真心。

▶ 5

他们刚恋爱时，朋友吵着要见新男朋友，寒露觍着脸问良安去不去她们的聚会，良安只是推辞说："晚上和朋友约好了去打台球，不好推辞他们。"

　　寒露又说："求求你，就来一会儿嘛！她们只是想见见你，再说你也没见过我的朋友们，对不对？"

　　良安还是不让步，说："我跟他们约好了，不能失约，下次再见你的朋友吧。"

　　寒露脸皮也薄，只能作罢，"那好吧，你们好好玩。"

　　除去婚礼，良安一次也没见过她的朋友。

　　而她总是红着脸同女友们解释道："良安太忙了，下次下次。"

　　不会有下次的，她知道。

▶ 6

　　寒露和良安结婚20年，没吵过架。吵不起来，每次要发作的时候，良安就说："懂事一点，别闹。"

　　或许婚姻关系里，男女的需求永远不同。男方看重责任，女方看重情爱。明明一枝玫瑰就能解决的问题，良安总能连篇累牍地说上大道理，仿佛量裁的公尺只能在他手里，她说出来的只能是妇人的歪理。

　　给过太多机会，第一次流产、第一次生孩子、第一次宫外孕……供房供车掏空了她父母，结婚纪念日他很少记住，担心他开夜车却被回一句"不要不吉利"。陈良安啊，这个人，没心肝的！

　　"良安。"寒露叫他。

　　地铁停站，上上下下，稀稀疏疏的几个人，良安回她："怎么了？"

　　"当初结婚，你喜欢我什么呢？"问题出口，寒露觉得有些难为情，已经快半百了，为什么还要纠结这种事情？

良安沉默了一下，说："其实我说不上来，我们当时很聊得来，你也挺好看，我们都年轻，适合结婚吧。"

"那结婚之后你喜欢我什么呢？"她想问个究竟。

"这个也说不上来。再说婚姻这个过程，一直都是由理性来支配的，感性的东西支撑不了多久，今天你生病，如果我也乱了方寸，那我们两个都不好过。"

……

所以你宁可我一个人不好过，也要独善其身吗？寒露恍然大悟。

▶ 7

"你真要离婚？"良安问她。

一进家门，坐在沙发上，寒露提出了离婚。

"嗯。"

"理由？"

"不为什么……可能我需要一段更感性的婚姻吧。"寒露迟疑，想了最合适的措辞。

"你是在埋怨我？"良安问。

"孩子也成年了，我们各自都有各自的收入，我不爱你了，对我来说，继续绑在一起已经没有意义了。"

"可是我还爱你。"良安忙说。

寒露心下一动，险些又要动摇，慌乱中镇定了心神，说："你我都知道，你没那么喜欢我。"

"我们都这个年纪了，何必在乎那些多余的形式？"良安说。

"我说不过你，总之我们好聚好散。"寒露跟着他，什么也没学到，冷淡的神情倒是学了个十成十。

▶ 8

寒露没有想到，良安的反应是这样的。

那样一个男人，从来不会说动听情话、买讨人喜欢的礼物，不会夸赞她今天的妆化得好，不会给她漂亮的承诺。这样的陈良安，现在就蹲在客厅垃圾桶旁边，一根接一根地抽烟，姿态颓废不安，与平时挺拔的样子判若两人。

他平常不抽烟，嫌自己抽烟的样子太难看，现在随便蹲着，脖子抻着，脚也是不雅的外八。

寒露静静地看着他，竟觉得这样慌乱不堪的良安忽然又动人起来。他们僵持着，不说话，好像谁先说话，谁就要认输了一样。寒露心里清楚，人生已过半，你爱不爱我，那是小女孩才要考虑的问题，但她没有办法。

▶ 9

良安抽完了烟，背着手，踱到她面前。又坐了下来，躬着背，手撑着腿抱拳，想开口，发现嗓子是嘶哑的，喝了口水，扶额，看着地，不看她，说："不离，好不好？"声音嘶哑，甚至还带了哭腔。

寒露鼻子一酸，别过脸，仰着头。这么多年，良安都冷静得像潭死水，忽然这样不安，竟叫她进退两难。

她眼睁睁看着石子投入那潭死水，水花溅起来，仿佛过往半生种种，忽然有了生机。

扫码即听
《你也是感性动物吗？》

霜降宜养生

防秋燥

防秋郁

防寒

秋风已吹至南边小城

你备好御寒物品了吗

你已决心让往事散去了吗

深秋忽至时

总会有个人叮嘱你添衣

霜降

Frost's Descent

天凉了，
你还有我

Frost's Descent

霜降

　　隔着麻将桌，梁双不留神注意到一双好手。

　　学生的婚礼，结束之后宾客三三两两凑在一起开了牌桌，梁双也稀里糊涂地跟着人流走，回过神来已经坐上了桌子。他有这么个隐秘的爱好，爱看女子的手，一直未同别的人说过，私下以为不是什么光彩的事情。

　　这双手长得分外好看，拈牌的时候骨节分明，手背白得发亮，纵横交织着条条小血管；指甲形状恰到好处，生在细长手指上，更平添一分婉转。美中不足的是，有些干瘪了，怕是一双上了年纪的手。

　　"胡了。"那双手说。

　　梁双这才顺着手看到她的脸。

一张和手很相衬的脸，眼睛清亮，衬得她的鱼尾纹都是优雅的。

那双眼睛瞥了一眼梁双，他这才反应过来，连忙洗牌开始下一局。

▷ 2

应该发生点什么。梁双心下想，大约近十年不曾心动过，突然这样一双手、一对眼出现在眼前，仿佛秋风乍起，落叶复扬。

死灰复燃，湖面微澜。

叮的一声，心弦微动。

▶ **3**

　　辗转知道了她的名字，转眼又忘了，只记得她也姓梁，似乎近期离了婚。等到想起来再去问她详细信息的时候，婚礼的人群稀稀拉拉都已散了。

　　梁双微微失落。

　　他刚过四十五岁生日，从未结过婚，只谈过几次恋爱。老实说，他对男女情爱也没什么太大兴趣，自己一个人凑合着过来。兴许是心态一直年轻，到了四十五岁，也觉得自己才三十岁，尚未谢顶，身材也没有走样。按理来说应该容易有些风流往事才对，偏偏对这些事提不起兴致。

　　父母去世得早，亲戚没有走动，没有特别亲近的朋友，严格来讲，他是孤零零一个人。

　　一个人有太多自由。

　　最大的自由，可能就是不用按部就班地过完这辈子，故而一直拖着不愿意结婚生子。

　　梁双失落地走出酒店，往地铁站方向走，进了车厢靠着柱子发呆。忽而听到一个声音："嗨。"

　　梁双一抬眼，视线直直撞进了那双眼里。

　　"哎，你好，又见面了。"

　　香港真是小啊！

　　不错。

▶ 4

可能是太久没有同女性接触，说起话来反而客套，像在应付人情往来。

寒露说："我姓梁。"

梁双马上接话："好巧啊，我也姓梁。"

"我住在旺角那边。"

"好巧啊，我也住旺角。"

"我打牌手气差得很。"

"好巧啊，我从来就没顺手过。"

"……"不太妙！梁双擦了擦手汗，转口说，"我请你吃晚饭吧。"

寒露客气道："不了，回去还有些工作，下次我约你。"

明眼人一看就知道没戏了，偏偏梁双厚着脸皮给自己加了戏，"下次是什么时候？"

寒露没绷住笑了出来，说："今天晚饭吧。"

地铁到了站，梁双捏了把汗，趁她没注意赶紧深呼吸了几口气，才神志清明。

太久没同女性接触，竟然慌乱成这样，委实不像他平常的作风。他平时冷眼看世故，总觉得什么都跟自己没有太大关系，谁知遇上寒露，才知道感情的事说来就来，一点都不给预告，身临其境，不太适应。

下一步应该是，吃饭，聊天，约下一次吃饭。聊人生，聊兴趣，聊生老病死后半生，聊基金、股票、买保险。

应该是这些，不会超纲了，冷静。

▶ 5

中年人和中年人，表面上看上去是没什么差别的，一样的圆滑，一样的世故。冷场了喂梗，饿了吃饭，聊不下去还要硬着头皮家长里短地聊下去。这是社交的游戏规则，纵使梁双不爱社交，这些事情他多多少少也懂。

寒露坐在对面，却一言不发。梁双反而轻松了下来。不说话，就不会犯错，也不用绞尽脑汁地想下一句话。梁双点的单，寒露看了一眼，随便添了两笼点心。梁双心跳加速，点的都是他爱吃的，如出一辙。

"你爱吃大闸蟹吗？"梁双没头脑地问了一句，谁知寒露眼睛一亮，说："爱吃呀。"

"蟹黄？"梁双又问。

寒露笑了起来，"看来咱们俩有缘。"

寒露法令纹很深，笑起来却格外好看。大约是过了中年，审美开始发生了变化，觉得相较于青春逼人的二十岁少女，有些岁月沉淀的女性反而更有质感。"有些岁月沉淀的女性"大约指的就是寒露了。

梁双看着她笑，一时间失了神。寒露透露给他的讯号是，我对你有好感，我们可以继续聊下去。梁双顺竿爬，继续谈吃。

中年人之间的交往抛却了拐弯抹角的小心思，甚至没有青年人之间那种敌我旗鼓相当的斗志。到了这个年纪，更像是玩《大富翁》的游戏，你扔了色子，我听你的往前走几步，一切都建立在互相的尊重和好感之上，礼貌而克制。

▶ **6**

再见寒露大概隔了一个多月，中间梁双一直在外开会，只能每天同她WhatsApp联系。

她上班的小学刚放学，学生熙熙攘攘地往外涌，扑向各自的爸爸妈妈。梁双远远地就看见了寒露，她刚巧也看见了他。

梁双准备去接她吃饭。

"不如我给你做个饭？"寒露提议。梁双愣了一下，他家有厨具，一应俱全，不过没怎么用过——很少在家自己做饭吃，大约单身汉都这样。

"你不嫌弃就好啦。"梁双回答。还好家里不乱。

短短半个月，他们已经不动声色地互相把对方摸了个底朝天。工作、大概收入、家庭、以前的感情，爱看的电影、小说，爱听的音乐，喜好的运动，性格上的优缺点，大致的三观。

不能更契合了。梁双已经给这段关系打了满分，只差一个名分了。

▶ **7**

寒露烧的菜很好吃。

梁双按着口袋里的戒指，心里有些紧张。他回来临时买的戒指，也不懂得挑选，还是柜员建议买的最大号的，如果求婚成功了还能回去换。本来订了她肯定爱吃的餐厅，还担心大庭广众求婚会被拒绝，如今倒是省了一层丢脸的可能性。

寒露给他添菜，倒让他有种多年夫妻的熟悉感。

"哎，我们在一起吧？"梁双装作不经意地说。

"嗯？"寒露抬头怔了一下。

"我说，结婚。"梁双说。

寒露笑了起来，法令纹勾着嘴角，弧度动人极了。

"你先把兜里的东西拿出来。"这么说着，她伸出来手指。

她早就看见梁双兜里揣着什么了，这人上了年纪，性子怎么这么慢呀？

扫码即听
《天凉了，你还有我》

在秋天梦到

你会在寒冷的日子

和雪一起到来

于是我一直等待

可是雪没有落地

就融化了

你还没有来

就离开了

19/24

立冬

the Beginning of Winter

明明是
三个人的电影

立冬

the Beginning of Winter

▶ **1**

今天立冬。

香港又一次入秋失败。计量下课的时候，老师准备推门走出去的时候，立冬分明看到他深吸了一口气才踏出教室，想必也是对这个鬼天气感到无奈。

路上三三两两还有姑娘穿着热裤。立冬想着行李箱里尘封的大衣，只怕也没机会穿上了。

啊，想喝羊杂汤。

在家的时候不太喜欢喝，在内地上大学时也没怎么喝过，突然今天，她就特别想喝。可能是想家了吧，发信息给唐泽，说想喝羊杂，他立时三刻就回了："哎，吕梁刚跟我说她在喝羊杂汤呢。"

去你的吕梁!

去你的羊杂!

立冬两眼一黑，几乎要气死过去。

▶ 2

立冬觉得自己挺可怜，男朋友和他女性朋友关系的亲密，尴尬得像她冯立冬才是第三者。偏偏又不能撕破脸，因为这个女性朋友还是她的熟人。

像根针似的，明晃晃悬在心尖上，又不扎下来，偏偏还要甜甜地对着你笑；抢了你的东西，却好像那本该是她的一样。不见吕梁多年，以为她已经销声匿迹，原来她是舍弃了立冬，同唐泽成了知己。立冬有个计划心里酝酿了很久，叫"如何拆散唐泽和吕梁"。说久也不久，不过两个月而已，从跟唐泽处对象开始。

立冬扶额，心累。

她九月刚到香港念master，不知道什么时候开始唐泽突然冒出来嘘寒问暖，说谈个恋爱呗，她就愣愣地点了点头。

点了点头，就从单身变成恋爱中。脑子可能进水了吧？来港不过一个月，就眼睁睁看着自己曾经追求未果的男孩突然变成了男朋友。

什么时候追的唐泽？不仔细想她都快忘了这茬事。应该是高一，对，高一！写了一整本情书给高三的唐泽，唐泽就不好意思地挠挠头说："可是我喜欢吕梁。"

喜欢的人喜欢上了自己最好的朋友，这两个人还是自己牵线才认识的。

狗血剧情！奇耻大辱！

当时倒不觉得有什么伤心，只是失落了一会儿，转头文理分科，便头也不回地选了文科——知道吕梁一定选的是理科。

事后才觉得生气。可等到生气的时候，已经跟他们两个一点联系都没有了，留着吕梁和唐泽他们两个称兄道弟。

三个人的关系太尴尬，自己又身处食物链底端，当时如不及时止损，只怕到时候要任人鱼肉。

▶ 3

唐泽带她去又一栈，看看有没有羊杂。上桌的时候立冬心里憋着气，脸顿时就拉了下来，"你干吗？"

"喝羊杂啊，不是你说的吗？"唐泽给她夹菜，立冬一看桌上的菜，又要昏倒过去——清一色全是吕梁以前爱吃的菜。

上高中时她们时常玩到一处，吕梁爱吃什么她了如指掌。原来时隔多年，有人记得比她还清楚。立冬不禁冷笑，"你怎么知道我爱吃这些？"

"不知道你爱吃什么，想起来你跟吕梁玩得好，应该口味也差不多。"

"你怎么知道我跟吕梁玩得好？"

"你们不一直都是闺密吗？"唐泽似乎觉得立冬在挑事。

立冬心里发酸，她跟吕梁是曾经是好友，但只是曾经。

"你倒是知道得多。"立冬埋头吃饭，看也不看唐泽。

▶ 4

立冬谈过一些恋爱，可还是不得章法，不会看套路，也不懂别人的真心。每次都是别人挑明了说："哎，冯立冬我们谈恋爱吧！"立冬才能呆呆反应过来，噢，你在撩我啊？

这次唐泽也是。刚来香港的一个月，他帮她搬家、陪她买家具、教她去跟房东签合同，她理所当然地觉得唐泽是在尽地主之谊——毕竟他早来香港两年，她还窃喜在香港多了一个守望相助的朋友。如今想来，也只能怪自己太笨。

但她是一丝一毫都比不上吕梁的，学习、性格和相貌，没一样比得上她的。吕梁总能妥善安置追求者们，甚至与分了手的前任，她也能打成一片。反观立冬，每次分了手，都无缘无故地跟男生撕破脸。

要是从来不曾认识吕梁，或者她跟唐泽走得不那么近，立冬应该还是会很想去亲近她。可是一想到这些年里，自己不在的时候，吕梁和唐泽从未断过来往，哪怕他们只是朋友，立冬也觉得头上绿了一层。

▶ 5

立冬一直阴着脸，唐泽看着势头不对，也不出声，任由立冬一直阴着脸。陪她逛商场，刚要替她买单，不想立冬自己就刷了卡；唐泽又要给她拎东西，立冬直接把购物袋从他手里抢了过来。

"我自己买的我自己提。"立冬拎着袋子，语气发冲。

"你有什么烦心事儿吗？是要final了，还是最近CPA没考好？"唐泽试着揣测立冬的心思。

"不是。"立冬扭过头，躲开唐泽要亲上来的嘴，又拍开他搭在她肩膀上的手。

"还没入秋心里烦？"唐泽又问。

"不是。"

唐泽闷声了很久，终于抓住了节点，"我提吕梁你不开心吗？"

小心思被人揭开，立冬下意识地不说话，又羞又恼，径直一个人往前快速走，把唐泽甩在身后。一口气走了很久，回头也不见唐泽，怒上心头，立时拨了电话过去，"你在哪儿？"

"负一楼你常常写作业的咖啡店。"唐泽说，"你在哪儿呢？"

前面一句倒没什么，后面一句又把立冬给炸了，她一下子气急了，反而说话声音缓下来了，"我一个人逛街了。没事儿，咱们俩就这样吧，别见了。"

唐泽那头慌了神，"你在哪儿呢？我这就来找你。"

立冬张张嘴，不知道该说什么，原本就是气话，总不至于真分手吧？可要是不认认真真和唐泽掰扯清楚，她心里还是会膈应。一慌神，她挂了电话。

如果他爱我，总能找到我的。立冬想。

▶ 6

立冬一直记得，唐泽是个情种——对吕梁。

整整六年，她翻阅吕梁的空间、朋友圈、Instagram，跟唐泽之间对话频繁暧昧，真是让人都以为他们俩已经在一起了。或许他们两个在演一出《我可能不会爱你》，那凭什么让她立冬来做配角？

问唐泽对吕梁还有感情吗，唐泽回她早就没有了。

如果不是唐泽找上门来，立冬自己已经把唐泽这个人从记忆里清空得差不多了。可是唐泽他干吗又莫名其妙地跑出来，给未了的故事写个尴尬的终章呢?

▶ 7

"给你买包包好不好?"唐泽过了大概一个小时找到她。他拿讨好吕梁的套路来跟立冬谈恋爱。

立冬冷笑,她是爱包,可是犯不着出了什么事一个包就能解决,她自己就能买。更何况包这种东西,从来都是锦上添花,而不是亡羊补牢。

"不牢您大驾!"立冬讥讽他。

"有意思吗?"唐泽也没心思哄了,语气也冷了下来。

立冬讽刺他说:"怎么了,这么快就没耐心了?"

唐泽说:"不是,就是觉得很没意思。每次都这样,说话动不动就翻脸,我都不知道哪儿做得不好了。一次两次是我不好,次数多了,可能就是你的问题了。"

立冬觉得句句诛心,刚刚下去一点的火气这会儿又上来了,"不就是嫌我作吗?"

"别闹了好不好?"唐泽哄她。

立冬突然就笑了,问他:"吕梁生气的时候你也这么哄的吗?"

唐泽说,"吕梁不闹。"立冬的脸刚要拉下来,唐泽忙解释说,"我跟她又没谈过恋爱,她哪里会冲我生气?"

立冬的脸还是垮了下去,"你倒是很希望她冲你生气,还是希望跟你处对象的人是她?"

"你这么想我也没办法。"

立冬心里咯噔一下，想要去拉他的手，又没办法给自己台阶下。两个人僵持着，谁也不说话，心里都知道不至于闹到这个地步，偏偏话出口收不回，只能等对方先开口。

过了好久，立冬肚子咕噜叫了一声。她本来就没吃饱，中间又在跟唐泽生气，已经饿得不行了。唐泽听见笑了出来，"我们去吃饭吧。"

"好。"立冬说。

▶ **8**

虽然今天是这么过了，可立冬心知，种子已经埋下了，该分的手，迟早都会分的。

唐泽说到底也不坏，相貌堂堂、工作可观，时时刻刻都在许以未来。可是立冬只要一看到唐泽，就会想起吕梁，她好看、她体贴，她三言两语就能勾了唐泽过去，独独撇下立冬一个人，孤零零的，偏偏又不能叫人看出来伤心。

归根结底，还是绕不过去吕梁罢了。

如果没有吕梁，他们会不会走到最后？

不会。你绕过千万重山，那根刺仍明晃晃地悬在心上。

扫码即听
《明明是三个人的电影》

煮大锅关东煮却独自吃

窝在被子里不肯出来

看雪、养猫，生活的愿景

也一并随他离开

所有事情都会翻篇

故人会忘却，电影会谢幕

你会是下一个故事的主角

20/24

小雪

Lesser Snow

今天的天气，
适合自作多情

Lesser Snow

小雪

▶ 1

　　小雪团在脚边，似乎不熟悉没有男主人的家。它怯生生地盯着猫粮盆子，又仰头瞪圆了眼睛看着忍冬，不时呜咽出声，等着忍冬喂它。

　　忍冬叹了口气，摸索着开了灯。暮色四起，室内突至的明亮令人心境澄明。小雪咬着她的裤脚，把她拽去冰箱，翘首等着猫罐头。

　　小雪是只美短，还是刚和孟津在一起时买的。刚买回来时，才一个月大，小小的一只，几乎可以一手握住。四只小爪子白白的、软软的，最开始老是蜷在猫窝里，后来胆子大了就开始爬上爬下。

　　孟津最大的爱好就是跟它说话，一人一猫，喵来喵去，好像没有障碍似的。

喵了整整三年。

现在孟津不在了，忍冬心里慌，她不太懂得如何跟猫说话。

▶ 2

孟津消失的第七天，忍冬收到了他的私信。他发了长短信，说：
"我们和好吧。"

字太多，忍冬不太有心思细看。

这时小雪钻到她怀里，团成球，打了个哈欠准备睡觉。忍冬默契地给它顺毛。她以为没有孟津，无论是人还是猫，都会过得一团糟，结果没有。忍冬闭着眼睛想了很久，回他："我们还能做朋友。"

分手以后做朋友，要么是不甘心，要么是不忍心。

这两样她都占齐了。

▶ **3**

小雪刚刚到家里的时候，她刚找到工作，审计师，一万出头。孟津吃着博士奖学金，也是一万出头。两个人在铜锣湾租了套公寓，刨去租金水电，每个月所剩无几，几乎从牙缝里挤出点钱来买猫粮。中间过年要回家，还是找同事借的钱送小雪去寄托。

用相濡以沫形容两个人，一点也不夸张。

平常因为一些细枝末节的事情吵架——你为什么不扫地、凭什么总是我洗碗、出门烦请带个垃圾好吗、脏衣服洗完澡就顺手洗了可不可以……如此种种，分了手之后再回想起来，竟觉得从心底渗出暖意来。那温暖凉飕飕的，像冷气里的太阳光，明明看得见，却隔得远远的。

孟津，我们到这儿打住，还是不要撕破脸的好。

▶ **4**

还是撕破了脸。

分手一个月，孟津有了新的小女友，气性颇大，翻到忍冬的

Instagram，私信大骂，言辞间叫她做个安分的前任。

忍冬何尝受过这样的气，哭得气血逆流，还要认真回敬对方。

找到孟津，叫他管好女朋友。孟津那边说："给你添麻烦了。"忍冬憋了十成十的气，忽然就不气了，一瞬间她就明白，那个女孩子，降不住孟津。

孟津总是这样，他难受，也定叫别人感同身受。白芷这样张狂，怕是少不了孟津推波助澜。她横冲直撞，自以为握住了孟津的心，却不想是被他摆了一道，成为用来膈应忍冬的工具。

这出戏你方唱罢我登场，主角却永远只有两个——孟津和忍冬，再多别的人，都只不过是"送人头"而已。

5

分手两个月，忍冬有了新男友。

这段新恋爱谈得荒唐，她总是忍不住在陈处面前提起孟津，看电影的时候、吃饭的时候、相拥而眠的时候。陈处对她太好，凡事处处包容，纵得她肆无忌惮。有的事情是会上瘾的，比如时时刻刻去挑战陈处的底线。

陈处到家里来，小雪耸着背低吼，不让他进门，忍冬连忙抱着它说抱歉，却听见门口有敲门的声音。拉开门，小雪猛地蹿到来者的脚边。陈处和孟津四目对视，他们早在忍冬的社交页面上互相认识了。

过了好久，孟津才说："刚好路过，把东西拿走。"

陈处邀他进门，说："你随意。"俨然是男主人。忍冬心跳加速，生怕出什么事，忙忙沏了茶同孟津说："晚上我和陈处吃饭，不能招待了，不如喝杯茶再走？"

孟津看着她，笑容里有着不明的意味，说："不了，女朋友还在楼下等我。"又转头同陈处说，"忍冬给你添麻烦了吧？"

一句话落地，好似平地起惊雷。忍冬还没反应过来，陈处就说："好事多磨。"

孟津的笑裂了一秒，很快又合上了，说："那打扰了。"忍冬看得胆战心惊，她太认识孟津这个笑了，做了坏事揶揄的笑，冷不丁被刺一下，才意识到他是故意的。

送走孟津，忍冬和陈处都避开这件事不谈。晚上的餐厅订了一个月才有位置，陈处说："好饿。"陈处的脾气一直这样好，生气都看不出分毫。问他有没有生气，他说有一点；再问他为什么不说，他说舍不得冲她生气。忍冬于心不忍，满心的抱歉却说不出口。

感情的事上，忍冬总是这样拖泥带水地多情。她放不下孟津，又舍不得陈处，在两者之间优柔寡断、来来去去，最后三个人都不好受。

陈处和孟津的爱各有不同，陈处爱得温，孟津爱得烈。陈处会说："你这么爱花钱，以后要是遇到比我好的，你就跟他走吧，我怕你受苦。"而孟津则会说："你不要跟别人走了，我会努力挣钱的。"

可能他们两个谁都没错，错的是忍冬自己，不该举棋不定。

▶ 6

分手三个月，遇到白芷。

房地产组来了新入职的实习生，一列名字扫下来，觉得不对劲，又回看了一遍，定准了位。白芷，中大会计本科，22岁，一一对号入座。入职证件照笑得生涩可爱，全然不是私信时咄咄逼人的模样。

入职仪式上，白芷显然认出了忍冬，也扭过头装作不认识。相安无事，不想下了班又收到讥笑，"你故意的吧？看到我的名字故意招我到你手下？别做梦了！我不在乎这点工资，大不了辞职不干！"忍冬扶额，又莫名其妙被指着鼻子骂，被骂习惯了也就不当回事儿了，堪堪耐着性子回她："小姑娘说话不要这么冲。"

茶水间里遇到，白芷会低声讪笑，"姐姐，你跟孟津分手是因为他没钱，现在他有钱了，你也攀不上了。"

忍冬气得浑身发抖，当初为了柴米油盐成天同孟津拌嘴，未料到时过境迁，竟成了孟津口中分手的原因。诚然分手是有这一部分原因，更主要的原因却是性格不合。孟津如此颠倒黑白，实在诛心。

在一起的时候，孟津时不时歇斯底里，担心她会因为没钱跟别人跑了。有一次他又莫名生了气，等冷静下来又给她认错。忍冬掏心掏肺地对他说："你以后要是养不起我啊，我们俩就凑合一起过。等你养得起我了，我就跟着你过。你看，我们总能待在一起的。"

当时情深，如今想来，不免心寒。

忍冬拌好咖啡，平稳好气息，才沉声对白芷说，"那祝你们百年好合。"往外走两步，又觉得不解气，又走回来，说，"小妹妹，不管你和孟津以后会恩爱到哪一步，但是这辈子，孟津就算不说，他心里也忘不了我了，你好自为之。"

加班到凌晨一点，陈处早早靠着车等在楼下。忍冬远远看见，拔腿跑到他身边，忍不住撒气，简简单单说明了原委，陈处搂着她，给她顺气，说："会过去的，别理他们。"

在孟津那里，是少年轰轰烈烈的恋爱。

在陈处这里，才是细水长流的携手一生。

▶ 7

分手四个月，小雪从衣柜上摔下来，摔断了胯骨。

陈处前前后后帮着打点手术，自分类血常规检查、自凝检查、镇静苏醒、呼吸麻醉、胶骨头术、气管插管……一条腿上的毛毛被剃得干干净净，碎骨头取出来，医生问扔了还是烧了，陈处皱着眉头说："扔了。"看见忍冬不忍，又叫住医生说，"烧了吧。"

忍冬握住他的手说："谢谢你。"陈处说："我们之间不用说这些。"

忍冬心口一滞，不知该如何作答。她从前从不跟孟津说这些客套话，可是跟陈处在一起时，总像隔了一层似的，点点滴滴都要算得清清楚楚，生怕欠了他什么。陈处这么好，反衬得她一无是处。

打电话给孟津报平安，孟津问："他对小雪好吗？"忍冬回："好。"孟津又问："那他对你好吗？"忍冬正欲回答，孟津那边就自嘲道："反正比我对你好。"忍冬说："嗯。"

孟津欲言又止，"……他来找过我。"

忍冬抬头看了一眼陈处，说："我不知道。"

孟津说："他让我别再来打扰你。"

忍冬说："嗯。"

孟津说："可是我做不到。"

忍冬呆住，她不太擅长应付突如其来的情话，只能说："忍着。" 挂了电话，忍冬心虚，同陈处补了一句说，"孟津说谢谢你照顾猫。"

陈处说："谁让我是小雪的新爸爸呢。"

小雪软软地瘫在笼子里，可怜巴巴地看着陈处，低低地喵呜一声，模样跟以前讨好孟津的样子如出一辙。所有事情都会翻篇的，猫可以熟悉新主人，人也一样。

忍冬呆呆地看着小雪，挠挠它的脖子。

人生诸事，得必有失。

真的要舍掉孟津了。

8

分手五个月，陈处提出分手。

忍冬心上像是挨了一记闷棍，冥冥之中，她隐约觉得已经踩到了陈处不能容忍的底线。大概是她言谈之间都残留着孟津的影子，明明知道不能回头，可是目之所及，随意一件小事都让人感到好像故人在侧。

陈处说："我一直在等你忘了他，可是我耐心没有想象的好，对不起。"

　　陈处的教养一直这样好，明明错的是她，他却归咎于他自己。忍冬哀声求他，"不分开好不好？再给我一点时间好不好？"

　　陈处说："再这么下去，我就对不起自己了，乖。"

　　忍冬几欲落泪，埋着头不叫陈处看见。陈处又温声安慰她，说："没关系，我等你，你一个人要好好的。"

　　忍冬目送着他驱车远去，突然太阳光晃了眼睛。此时此景，似乎适合痛哭一场，情绪上来，鼻子一酸，于是蹲在地上，旁若无人地流起泪来。

　　可是泪也没有多少，才落了两行就已经干涸。男女情爱，也不是非得干哭两滴泪才显得用情至深。只是心里隐隐抽痛，失了陈处，一时之间不知如何自处。

　　现在明白，为时已晚。

▶ 9

　　分手六个月，小雪失足坠楼。坐在家里，面无血色，颤抖着掏出手机想给陈处打电话，拨通了才发现是给孟津打电话。

　　在家翻箱倒柜找不到小雪，在一楼楼道出口找到了它的尸体，二十层楼的高度，它摔得血肉模糊。孟津说："待着别动，我马上来。"

　　二十几岁，以为分个手天就会塌下来，哭哭啼啼，生怕别人不知道自己分了手。等到末日猎猎而来，反倒哭不出声，整个人像被抽干了似的，因为有皮贴在上面，才不至于崩掉。

哎，忍冬，你该哭啦！最后一个不会离开你的，它已经死啦！

"不要哭。"孟津说。

忍冬怔怔地看着他，眨巴眼睛，发现已经不太记得孟津长什么样。说过要喜欢一辈子的人，不过数月未见，已经从心里删除得所剩无几。大约真正喜欢的，不过是那股可以呼来唤去的虚荣心。

"我没哭。"忍冬回他。

"我知道你心里难受，想哭就哭出来吧……"

未等他说完，忍冬打断他，"所以你可以走了。" 谈个恋爱、分个手，总有一个人要伤心。程度如何不重要，过个一年半载都会忘掉，不如一刀斩断了干净。你看，我跟你一起养的猫都已经没了，咱们还这样拉扯不清楚，实在没什么意思。没必要演琼瑶剧，别人也不愿意看。

她此刻只想找回陈处，在他面前转个圈，对他说："哎，我回来啦！"

此外琐碎枝节，当断则断。

▶ 10

最后没有去找陈处。

隔着超市货架看到了陈处的侧影，和他身边的美人。那女子生得夺目耀眼，只是随意一瞥，就觉得是一对璧人。陈处这么好，值得拥有这样的漂亮姑娘。

至于她忍冬，兴许无论在谁的故事里，都不过是局外人罢了。

没有谁离不开谁，也没有谁注定是谁的主角。

说到底，自作多情，反受其累。

▶ 11

管他呢，反正，还会有下一个故事。

扫码即听
《今天的天气，适合自作多情》

大雪进补

食栗子、白薯、海参

食茄子、山药、橙子

与爱的人围坐一起

每天都身处在暖锅

冬天或许根本不曾来过

21/24

大雪

Greater Snow

想追他,
就给他
做料理好吗?

Greater Snow

大雪

▶ 1

　　梦见下雪,层层叠叠,挟裹长风,从远处呼啸而来。街道塞满了雪,整个人几乎要陷进去。雪太厚,仿佛掩埋了所有的秘密。再走不远拐角,小阁楼上三楼,就是外婆家,站在门口,伸出手,想推门进去。

　　忽而惊醒,母亲打来电话:"换件深色衣服回外婆家。"

　　外婆去世了。

▶ 2

　　从小没离开过香港,也没见过雪,去年下过一场,可睡过去了。

外婆说，刚遇见外公时，在香港见过一场雪，"大约半寸，过一晚便化了，聊胜于无而已。"那时年幼，大约三四岁，缠在外婆膝下，烦她讲当年的雪，她反倒转了话头，说她家乡的雪。

札幌有茂盛的雪，漫天铺地，逶迤群山。雪停的时候，小孩子爱跑出门堆雪人，一个接着一个。再下一场，厚厚地覆在上面，似乎所有雪人都沉沉地睡了过去。

后来呢？后来，我的外婆，十五岁，随着父辈来了香港。

故土遥远，活得越久，越记不起来。

3

1965年，初雪十五岁，最最俏丽的年纪。洁白的圆圆的脸，微微耷拉的双眼皮，发呆的时候，总让人觉得没睡醒一般。而她又是活泼的，不会说广东话，手舞足蹈比画着想表达的意思，英语夹杂着日语，倒是和同学没有什么障碍。

那双眼睛，明明上一秒还呆呆的，下一秒却好像闪烁着明亮的星光，似乎能照到人心里去——照到了品文心里面。

品文是修道院外聘的音乐老师，长相英俊，头发一丝不苟地往后梳去。每每上课要踩风琴，因为腿太长，总要把凳子往后挪一挪，引得一个班的女学生窃窃私语。

初雪打小不曾见过家人以外的男性，有记忆起便住在形形色色的修道院，到节庆才能回家见见家人。她原以为，男性的美，都像父亲或者哥哥一样，是庄严沉默的，见了品文方才知道，原来漂亮的男人，也能一颦一笑，勾人心弦。

嘣！有什么东西，噼里啪啦开在初雪的心里。

▶ 4

初雪摸摸胸口的小银十字架，眼睛滴溜溜地打转。

她心里认定，品文对自己来说实实在在是同别人不一样的。他走到哪儿，她的眼睛就跟到哪儿。偶尔被他发现自己在盯着他，他也不恼，静静地回望着她，直到她脸羞红才肯垂下头去。

论狡黠，初雪一直都是头一名。她心中认定了品文，少女的心思任谁也撼动不了。她想像寻常夫妻那样，终日可以和品文厮守在一起。

下定了决心，初雪拍拍身上的痱子粉，甜香的气息透过罩衫飘荡在空气中，她还觉得香味不够浓。

女孩子心神荡漾起来，一点儿也收不住。

▶ 5

端午节，母亲把初雪接回了家玩耍。

照例在家门口绑上鲤鱼旗。父亲是商人，搬来香港这两年，生意也做得不错，开了一家西餐馆子在港岛，迎来送往，宾客如云，偏偏过端午也要把鲤鱼旗绑在自家店门口，十分滑稽。

母亲说父亲是思乡心切。

初雪歪歪脑袋，她并不懂这是怎样的情绪。对她来说，札幌和香港的区别，大约只有吃食和天气，而这两样她都不甚在意。更何况，香港还有品文，独一无二的品文，单是随便想想，都能从梦里笑醒。

母亲瞧出了她的心思，打趣说："你们学校里，会不会有男生？"

初雪吃吃地笑，捞着饭桌上的广东点心，她十分爱吃，全咽了下去才对母亲说："顶好的男孩子呢，只是人家未必瞧得上我。"

她实在是最狡猾的姑娘。早几年，哥哥为了娶心仪的女孩子，同家里闹得头破血流。在初雪看来，其实不是对方女孩子多么不好，倒是哥哥心太急，家里上上下下没有知会好，就冒冒失失地说要结婚，自然谁都反应不过来。

初雪心里打的算盘，是有机会就叨念品文的好，让父母认定他是举世无双的好男子，届时再推进下一步，也会容易得多。

母亲打小就宠溺她，缓缓给她沏茶，说："矜持一点。"

初雪笑得眉眼弯弯，说："我自然知道的。"眼珠子滴溜溜转了转，又同母亲说："不要和父亲说！"

——母亲从来藏不住话，一定会给父亲说的。

▶ **6**

至于矜持，她才不会矜持呢。

每周最开心的事，就是周三周四下午的音乐课。品文迈着长腿走进来，连每根头发丝儿上都落着阳光。她闭着眼都能预测他的动作——他进来，礼貌鞠躬、寒暄、复习知识，拉开琴椅，脚踩在踏板上，教唱新歌。课间休息时他爱弹舒伯特，悠然荡出来，十分闲散自得。初雪喜爱向他提问，无论是练习曲还是别的什么。平时最厌恶的教堂音乐，经过品文的解说，也变得可亲可爱，所谓爱屋及乌，不外如是。

她辗转打听到，来修道院上课是品文的兼职工作。据说他是广东人，在香港大学念书。似乎是音乐世家，经营一家乐团，到了品文这一辈，虽然他学的是法文，但钢琴底子一点不落，应该是家学渊源。

同品文相熟之后，初雪俏皮地对他说："下学期请多指教啦！"品文同她握手，伸出手想摸她脑袋，发现不太合适，于是放下来拍拍她的肩膀。

她怂恿母亲去说服父亲，把她从修道院捞出来，送入港大。

你好哇，师兄！初雪不自觉地笑了出来。

▶ 7

哥哥说，嫂嫂喜欢他的时候，会给他做料理。初雪皱皱眉头，苦思冥想，猜不到品文会喜欢吃什么。思忖着他是广东人，做一些广东点心应该不会出错，虾饺、烧卖、叉烧包、蛋挞。广东人爱喝汤，煲个汤应该会锦上添花，反正都住在海边，大约会喜欢吃海鲜，多捏一屉寿司他应该更喜欢；从小弹钢琴，只怕还会喜欢西餐，家里鹅肝一向好吃，再多加两个。

烦着保姆教着做好了这些，又跑到餐馆死缠烂打，顺走了两份鹅肝，初雪的眉头又皱了起来。满满一桌子，简直把野心都写在了食物上，每道菜都叫嚣着："品文，我喜欢你！品文，我喜欢你！"

怎么送出手吗，好难为情！

然而还是全都送了出去，摆满了学校餐厅一整张桌子。

　　明明是自己做的，话出口却变成："家里保姆做了好多，我尝不出来，你帮我试试？"

　　品文细细地每样都尝了一些，初雪着重记住了他吃得多的菜式，可是记着记着，发现品文全都吃完了。全、都、吃、完、了！

　　初雪觑了觑品文的肚子，发现一点变化也没有，衣服平坦坦的，丝毫没有鼓起来的意思。她忽然暗自开心起来，还好自己家是卖吃的，再来十个品文也不是问题，可以由着他放开肚子吃。

　　品文说："好吃。"

　　说是自己做的，其实全程有高人指点，初雪歪歪头，说："你可以来我家吃呀。"

　　品文打趣问："你做吗？"

　　初雪不好意思地说道："好呀！可是我一个人做不了，要有人帮忙。"

　　品文说："没事，我帮你。"

　　话刚落音，初雪呆了一会儿，好久才回过神："我、我、我、我、我、我……你、你、你、你、你、你……"

　　品文说："我也喜欢你。"

　　初雪呆呆地看着他，不觉又涨红了脸，在桌子下踢了他的脚，小声啐道："你不害臊！"回味了一下他说的话，又猛地反应过来，"谁喜欢你了！"

　　品文说："你。"一脸的理所当然。

　　看着他好看的脸，初雪顿时害羞不起来，只能泄了气说："好嘛！"

▶ 8

　　品文果然来了家里，还带来了两位不速之客——品文的父母。长年照顾生意不回家的父亲和哥哥，也意外地回了家。

初雪如临大敌，难道是品文的父母不喜欢日本姑娘，过来三令五申严令分手？还是他们觉得她手艺好，想来尝尝？还是……初雪不太敢往下想。

趁着大人们谈话的空当，初雪拽着品文的衣袖躲到没人的地方，小声问他："伯父伯母也想吃我做的菜吗？" 品文趁着没人，飞速啄了一下她的脸颊，说："对呀。"

"没有别的什么原因吗？"初雪一颗心七上八下。

品文敲她的脑袋，"以后不要一句话拐上三个弯，知道吗？"初雪忙点头说好。

品文说："来提亲。" 哎？初雪怔住，随即喜笑颜开，"我爸爸妈妈一定会答应的，我天天夸你。"

品文一言不发，笑嘻嘻地让她带路去厨房，把饭煮上，才悄悄凑到她耳边说："我也天天夸你的呀！"

"哎？"初雪没有明白他的意思。

"在我爸妈面前。"品文递给她面团，又补了一句，"笨！"

▶ 9

外公没有穿深色衣服，瓦蓝的颜色明亮又深沉，是外婆钟爱的色调。

幼时我不爱待在外公身边，总觉得他高深晦涩、暮气沉沉。长大了方才知道，原来深爱时，会对其他所有东西都丧失兴趣。爱人之心，或许真能叫人一夜白头。

他静静地坐在灵堂一角，谁来都只是淡淡回应。他从前眼睛总是明亮的，如今却黯淡了下来。

品文是我的外公。

今年是他们结婚的第四十年。

天高水长，也是一生。

扫码即听
《想追他，就给他做料理好吗？》

此大吉之日

好事情会凑堆

或许那个

你每日暗暗点赞的对象

悄然拜访也说不准

单身久了的人

碰上一个异性

只要多说一句话

都觉得是撞上桃花

22/24

冬至

the Winter Solstice

看你还不错，
不如在一起吧

the Winter Solstice

▶ **1**

从朋友成为恋人有多少种可能？

疏桐思考过千万种情况，一种也没发生。

和前任分手后，林淮陡然出现在生活里，无微不至。所谓春天分手秋天习惯，此话不虚。到了冬天，疏桐的心里，轻飘飘装的都是林淮，哪怕早上喝的浓咖啡苦，向他吐槽一番，也觉得是甜的。

已经认识很久了。林淮是大学的学长，爱好摄影，上大学时除了偶尔找她做模特，也没什么交集，只是点赞之交。工作后偶然一次碰面，相谈甚欢，方才接触多起来，深聊也才大半年。

可能是单身久了，碰上一个异性，多说一句话，都觉得开了桃花。

▶ 2

刚分手的时候失眠很严重，在深春。

其实不太伤心，大约需要一个郑重的仪式，才夜夜不得安眠。

失眠的时候头痛眼重，又不敢吃褪黑素，生怕一觉睡到早上十点，只能眼睁睁看着太阳升起来。倒也不慌，闭着眼听歌，等林淮发消息过来，睁开眼，翻个身，给他回消息。明明有时候困得哈欠眼泪频出，还强撑着陪他谈天说地。

"你怎么又失眠啊？"林淮笑她。

——因为你啊。不过没说出口。

林淮喜好分享各种音乐给她，有时候是晚上十一点，有时候是凌晨三点。问他在干什么，他说在剪片子。后来再问，他又改口，说在抽烟剪片子。

深夜畅聊，总是会有些微妙的感觉。躺在床上，举着手机，缩在被子里。周边黑暗，耳机里传过来他分享的歌，是声嘶力竭的躁动。或许不是音乐有多动人，而是此情此景，遗世独立，实在不能不让人情动。

他听死亡金属，听葬尸湖，偶尔点开来，会令人耳膜发麻。疏桐还是硬着头皮听了下去，夸赞好听，再不动声色地给他推荐惘闻。

他从来没说过喜欢她。

▶ 3

只说过，喜欢过她。

那天大约是初夏，疏桐去北京出差，约了林淮吃饭。

夜晚，北京的风吹得人心嗖嗖地痒。疏桐想接吻，奈何开不了口。打了车，疏桐钻进了后座，等着林淮也坐进来，她好装作若无其事地靠在他肩膀上。可是一扭头，看见他端坐在副驾，她只能眼巴巴透过缝隙看他的背影，一时语塞。

不知何故喝醉了酒，说了些胡话，醒来时林淮告诉她："我说我喜欢过你，你信不信？"疏桐下意识地拿出平常应付旁人的那一套，说："不信。"话说出口就后悔了，这个时候如果想进一步，只能自己主动一点才对。

林淮也不多说，只是习惯性地揉揉她的脑袋，送她去机场，约着下一次在香港见面。

疏桐知道自己醉酒时都说了什么。她酒量奇差，却从不断片。醉的时候，她说了自己最近的一件荒唐事情。那次喝多了，答应了一个客户的追求，第二天早上清醒过来，就立马分了手，连面都不敢见，是在邮件里单方面分的手。

疏桐原本想用这件事激一激林淮，不料却起了反作用。

只能摇头作罢，另谋他路。

林淮如约来港时，刚入秋。

疏桐俗气地带他去了山顶。

林淮是个壮汉，1.90米的海拔，立在山顶观光台上，受风面积格外大些。疏桐躲在他背后，竟有种奇异的安全感。她想起来林淮分享的歌，*Dirty Sexy*。林淮似乎很喜欢，可是她到现在都不记得歌手和歌词，甚至连旋律也无甚大印象。在她看来，这首歌最大的意义，兴许就只是歌名吧。

疏桐拉住林淮的衣角，说："哎，你好大只啊。"

林淮拍掉她的手说："直接说我胖不就行了。"

疏桐笑嘻嘻地不放手，"以前咱们不是在北京上大学嘛，每到冬天的时候，都想要一个壮壮的男朋友，这样就算踩着故宫的雪，也不怕冷了。"

林淮停滞了一秒，终于说："拐着弯骂我呢？"手却不知不觉揽住了她的肩膀，"你怎么这么瘦啊？"

疏桐扫了扫肩膀上他的手，揶揄他说："这样就能平衡了嘛。"

疏桐瘦瘦小小的，身量不足一米六，站在林淮身边，几乎没有存在感。

可是这样的搭配，她也觉得十分合适。

在太平山顶说爱你的计划，最终也不能实施。

▶ 5

深秋时节，林淮购置了一批书籍，他爱的歌手、摄影师还有作者的。

他给她分享书目，疏桐到最后也记不清楚作者和内容。林淮只给她发照片、发截图、发没办法用理性解释清楚的只言片语。

她沉浸在这样的哑谜中，乐不可支。

那张照片，疏桐不动声色地保存，窃喜地标记上心形——此处放疏桐存的照片。

她摸不准林淮心里在想些什么，也弄不明白自己到底在想些什么。明明快要水到渠成了，总觉得还差了点意思。就像爱吃的黑森林，要是上面不点缀上一颗草莓，无论多好吃，它都不是完整的黑森林。

疏桐给他递出一个又一个绣球，全被他有意无意地挡了回来，他又不挑明意图，水来土掩般打太极，疏桐渐渐觉得无趣。

保存完毕，疏桐又只是装模作样地回他："不要看这些唯心的东西了。"

可是情爱的事情，你侬我侬，讲到头也只能由唯心的东西去解释。

▶ 6

冬至前夜，疏桐突然想喝羊肉汤，想喝北京的羊肉汤，想和林淮一起喝北京的羊肉汤。

她谁也没告诉，订了机票，到了北京。北京大雪，一片一片，大席子一样压下来，却叫人从心底生出希冀来。

他应该还在剪片子，或者剪完片子一帮子人在798喝酒。他应该还是抽万宝路的爆珠薄荷，走在回家的大马路上，怀里捂着手机，生怕给冻关机了，呼出气来，有雾气也有烟圈。

疏桐拨通林淮的号码，却显示已关机。给他发微信，回过来的是香港的坐标。

他去了香港？

四个小时以前，他说他今晚要熬夜剪片子，可他现在在香港？

林淮说："想散散步，可是北京太冷了，就过来了。"

疏桐有些气郁，并不是十分想说话，就一个人跑去母校吃午夜烧烤。

　　她不太想回林淮。半年的战线实在太长，她记不清自己到底小心翼翼地试探了多少次，全被他一句玩笑话挡了回去。林淮一点一点吊起她的胃口，又不让她得偿所愿。即使是拉锯战，应该也攻破心理防线了。

　　不玩了。

▶ 7

　　凌晨的北京，疏桐一个人孤零零地喝着羊肉汤。

　　玻璃门上起着厚厚的雾气，看不见外面是何景象，举目四望，只是小小一方的苍蝇馆子，和三三两两吃夜宵的学生。

　　她忽然想起来，少年时第一次遇到林淮。她大一，他大三，他走进来，微低着脑袋，打开PPT，给社团讲摄影技巧。他的幻灯片简单粗粝，偏偏意味无穷。

　　当时的林淮远远的，是让人心生尊敬的前辈。如今世事变幻，已经离得这么近，关系却捉摸不定。

　　恋爱未满，真是个恼人的阶段啊。

　　林淮又发微信过来："你在干吗呢？"

　　疏桐回他："喝汤呢。"

　　林淮问："一个人？"

　　疏桐更加生气，"难道和你？"

　　林淮说："我其实是想找你喝汤来着。"

　　疏桐反笑，敲得手机屏幕直响——噢，想了想又觉得不合适，

"我也想找你喝汤的。"

林淮说："那我现在去找你？"

疏桐突然气结，又忍不住激他，"你又不是我男朋友，你来找我干吗？"

林淮抖了条语音过来，那笑声张狂得很，"你又激我。"

疏桐把手机贴着耳朵，听了一遍又一遍，你又激我、你又激我、你又激我、你又激我。直听到放下手机耳边还会有幻音。原来，林淮一直都知道她打的什么算盘。

这更叫人生气。疏桐气得连喝了三碗汤，一遍一遍刷手机等他回消息，却又拉不下脸去主动找他。

等了好久，林淮才发了消息过来，"我什么都知道，可我还是想慎重地追你。"

疏桐捧着手机，霎时明白了什么叫苦尽甘来。她也照着他那个语气，语音过去，"才不要。"

林淮说："我来找你。"

▶ 8

冬至第一秒，林淮说："我来找你。"

窗外飘着雪，疏桐突然想有一扇任意门，拉开就是香港的艳阳天，还有喝着羊肉汤、大汗淋漓的准男友。

扫码即听
《看你还不错，不如在一起吧》

这个世界上什么最不能糊弄？

听者竖起的耳朵

食客挑剔的味蕾

观众犀利的眼眸

还有我爱你的心

23/24

小寒

Lesser Cold

陪你"一被子"也行，陪你一辈子更好

Lesser Cold

1

年假，加上加班假，总共有一个月。耀辉刚好博士毕业，滞留在美国。

小寒看看机票，又想了想要带出去旅行的箱子规格，叹了口气，顿觉旅途奔波，索然无味，于是厚着脸皮发私信给黄耀辉，"芝加哥好冷啊，我上次去还冻发烧了——不如你来找我吧。"

耀辉是她的男友，初恋，在一起六年，异地第六年。同龄，28岁，两边家长都催着结婚。小寒也想结，就等着耀辉毕业。

耀辉回："那我们去热一点的地方散个心？"

小寒无奈地倒在床上，盯着屏幕上耀辉的私信。

无论如何，他总是会拉她出门的。

▷ **2**

从未出远门超过一个月是什么感觉？

无可奈何，偏安一方，三五好友，闲时麻将饮酒。

原也是有出去看看的机会的。

中学毕业时，同身边要好的朋友一样，小寒手上也有不少其他地方大学的offer，抉择无果，最后在父母的建议下留了港。学校就在家旁边，每天早上从家出门，上完课回家吃午饭。同学们去了英国、澳洲或者美国，有的留在异国定了居，大部分还是陆陆续续回了香港。

回来的原因？兴许是外面太苦，又或许是家乡的菜引人垂涎。小寒不知道。

她实在没有孤军奋斗的勇气。父母已经为她预设好了人生，那就照猫画虎地走下去。衣食无忧，一生无大愁，好像也不错的样子。

因为工作，去过大大小小太多地方，但实在想不出哪儿能比香港更好。出门左拐有添好运、有深夜营业的鱼丸，凌晨一点游荡，从佐敦走回家也不担心人身安全。加班到凌晨五点可以回家冲个澡再跑个步，项目结束了也能点上金边河粉大快朵颐。身边多的是熟识的人，办个事、约个饭、唱个歌从来不担心没人。

这个地方，家人、朋友俱在，人情世故熟稔，已然羁绊一生，难以离去。

唯一脱离轨道的，大概是谈了一个想出去走走的男朋友。

小寒之前一直不愿意谈恋爱，身边好友陷入情网大多伤春悲秋，少

不得令她有些胆怯。拖到上了班，父亲着急，介绍了尚在读博的好友儿子，便是耀辉。一来二去，发现志趣相投，便谈了恋爱。

美中不足的只有一点，耀辉的兴趣太广，以至于小小的香港容不下他的猎奇心。当小寒沉浸于吃到中文大学教师餐厅的窃喜时，耀辉会提起本科时如何从曼哈顿中城58区走回曼哈顿下城，衬得她很小家子气。

耀辉确实也很喜欢烧卖蛋挞，可他喜欢的远远不止烧卖蛋挞。

▶ 3

最终和耀辉达成了协议，在香港待大半个月，出去旅行一个星期。

婚期已经提上了日程，婚房选在离家不远的地方，格局敞亮，离

双方父母家都不过二十分钟的脚程，都是耀辉在上上下下打点，小寒
觉得很是妥帖。

耀辉原本的意思是一起去纽约，隔几年换个地方工作，购置婚房
只是为了偶尔回来香港能有个落脚之地。但他拧不过小寒，只能答应
说处理好工作上的事情就回来香港上班。

她不会傻到以为耀辉单纯是因为爱她所以才留下来的。

利弊权衡之下，确实没有什么比留在香港更好。父辈可以解决大
部分人情上的后顾之忧，家中诸事繁多需要他处理，未来更有妻子顺
遂心意，吃食上各国饮食都能寻到。耀辉心思细密，必然也想到了这
些弯弯绕绕。

母亲说，男孩子年轻时总会有些壮游的豪情，等年纪大了，心都
是挂住家的。到了年纪，成个家，鸿鹄的爪子上绑上秤砣，怎么着都
得落地。只有这样，才是有担当的表现。

4

去了芝加哥旅行，耀辉的母校。

耀辉原想带她去见他的博导，但没找到人，询问后才知道博导携
妻子去了中国。两位颇有成就的医学教授，卖了不动产，如今已在西
安一所大学谋得职位，教授英文口语。

"想带你见师娘的，她见过你照片，很喜欢你。"耀辉遗憾
地说。

"师娘为什么喜欢我呀？"小寒问他。

"偏不告诉你。"耀辉故意逗她玩。

　　小寒之前没来过芝加哥。美国的城市，从前在她眼里大抵都是繁华而沸腾的，不想芝加哥却别有一番妙处。它清冷，有着克制的贵族姿态，着实适合做学问。

　　"你之前为什么想要去纽约呀？"小寒问。其实芝加哥比纽约更适合他。

　　"你说你喜欢有烟火气的地方，而我又喜欢美国。"耀辉一字一句、认认真真地回答她。

　　可能是由于专业的原因，耀辉待人处世都有一腔赤子之心。他天真、单纯，以为所有的梦想都能成真，落到言语上，反而表达不出来他自己的壮志。这样简单的人，却要跟她回人来人往、熙熙攘攘的香港。

　　小寒觉得愧疚。耀辉是真真切切喜欢着她的，她却要怀疑他的动机。让一个人放弃信念跟她走，真是诛心。

　　"你还没告诉我师娘为什么喜欢我呢！"小寒沉默了一整天，又挑了话头儿。

　　"因为你安静。"耀辉说，接着笑着解释道，"说你内心平静，不像个二十多岁的女生，说你很有禅意。"只怕是耀辉常在师娘面前说起，才使师娘有了这样的想法。

　　小寒哭笑不得，原来不止她误会了他，他也误会了她。她从小到大不吵不闹，不是因为没有生气的事情，只是因为觉得生气太没用；也不是因为心有多静，而是因为爱好太多，她懒得分心于无用之事。

　　她低估了他，而他高看了她，使得双方均以为对方是同一类人。

▶ 5

按理说，应该摊开来说，告诉耀辉，自己并没有他想象中的那么好，让他继续留在美国，两个人分道扬镳。

可他这么好，她舍不得。

回了香港之后小寒开始上班，耀辉则开始接手他父亲的工作。他父亲是心脏科名医，在中环有办公室，耀辉上手很快。婚期定在圣诞后一周，婚纱早已裁好。

出嫁前的两个月，本来耀辉说先搬去婚房，被小寒父母拦住了。明明不是什么大不了的事情，搬出去以后每天也能一起吃饭，偏偏被父亲说得伤感。

"嫁出去，就感觉像掉了一个女儿。"父亲说。

父亲一向寡言少语，说些感人的话也说得咬牙切齿。他一直在广东做生意，四处奔波，一年下来在家也待不够一个月。她从小就不太亲近父亲，任凭母亲说多少他的好话也无动于衷，不想父亲原来这样在乎她。

"我跟耀辉私下聊过一次，你不在。"父亲说，"怕他像我一样不能常回家，就让他想清楚了再来娶你。"

"他现在想清楚了？"小寒心里感到奇怪。

"他说他早就想清楚了。"父亲笑道，"我稍微放点心了。"

▶ 6

　　小寒不太懂"早就想清楚了"是什么意思，她只清楚，她硬生生断了耀辉的原计划。他这样好，她应该去摊个牌才安心。一拖再拖，到了婚礼前夜，她才鼓起勇气约他出来说清楚。

　　话太多，大约太紧张，一句话要掰扯成十句才能说明白，一个人独角戏唱了有一个多钟头，耀辉却说："你瞎想什么呢？"

　　"不不不，我是说，我不值得你这么好。"小寒辩白说。

　　"你值得的。"路上鱼丸店还开着门，耀辉买了一碗给她，又接着说，"我是喜欢芝加哥，可我更喜欢你。"

　　"我以为你喜欢的是那个特别完美的我。"小寒说。

　　"我们都在一起六年了……我再怎么笨，不至于这些也看不清楚。我后来联系上了博导，说了一些话，想明白了很多事情。我其实也不是真的爱医学，只是看中这份工作、这个职业所带来的稳定感，长年累月，也渐渐有了一些使命感。一生太短了，如果全都献给工作，那也太无聊了。而本质上来说，我更爱你。你让我觉得，组建一个家庭也是有意义的事情。"

　　絮絮叨叨地走到了家楼下，其实什么也没说明白，大约只是明晰了自己在对方心中的地位。

　　回到家以后，小寒一个人躺在床上闭目冥想，才忽然意识到，这一辈子，无法想象自己会跟除了耀辉以外的人结婚。

　　大约这就是深爱了。

▶ 7

　　沉沉的刚要入睡，耀辉又打了电话过来，"你想想，你嫁给我，每年体检的钱也省了，有病灶我还能帮你一刀切了。"

　　小寒吃吃地笑，"已经套牢了，跑不了了，你放心。"

　　耀辉那边也笑出声来，"好好睡，明早我来接你。"接管你的下半生。

风大低温
地面积雪不化
焐不热的人放手也罢
你是不是也曾经
看完对方的每条状态
包括底下的每条回复
但一句话都不说？
缺爱的人冷成一团
很容易就会滋生
新的恋情

24/24

大寒

Greater Cold

这一年来，
谁把你的心冻结

大寒

Greater Cold

　　韩教授个子不高，头发三七分，有时候会往后梳着背头，一望便知是香港本地人。他眼睛很亮，架着金边眼镜，遇见人总是微笑有礼的。他四十出头，身材微微走样，大约走在人群里也不会有人多看一眼。可能他眼睛里有一块烧红的烙铁，在立春心里烙下了印记，此后念念不忘，隐隐作痛。

　　立春晚进韩教授的project一个月，实验室其他人都是研究生或者博士。他总是出言鼓励表扬师兄师姐，却不多看立春一眼。实验室里的人三六九等，大约她只是凑数的本科生。可是，这是她费尽心思才进来的项目。

　　她曾无意间翻进韩教授旧年的人人网页面和博客。

　　他喜欢古典乐，喜欢巴赫，喜欢一切音乐家。

　　他喜欢纳博科夫，喜欢奈保尔，也喜欢奥尔罕·帕慕克，走走停停之间有着矛盾的美感。

他喜欢跑步、游泳、爬山、骑自行车，办公室里总会备上运动鞋，以供下班以后跑步回家。

韩教授隐秘而优雅的爱好，使他变得熠熠生辉，使她见之不忘，心底生根。立春偷偷翻阅，不让任何人知道。她远远地看着他，觉得世间诸事飘摇，他们却有着共同的小秘密。

该怎么说出口？跑到他面前，说我们很相似，我们可以成为知己吗？

立春摇摇头，场面太尴尬。这无疑在说，嘿，我一直在偷窥你。

整整一个月，立春每天逃课待在实验室，翻阅书本，查找资料，学习分析方法，处理实验室的琐事。韩教授一走进来，她立马埋头在电脑面前，不敢抬头看他。她偷看了他的秘密这件事，她一个人知道就好了，连他也不能知道。

立春把研究生该学的分析课程也学完了的时候，韩教授终于注意到了她。

可是项目已近尾声，她无力再改变什么，也不想改变什么。

或许人生是由一个又一个插曲组成，悄无声息地播放，于高潮之处戛然而止，留下脑海中无尽的回声，不会有任何的结果。

"研究生的推荐信可以找我写呀。"韩教授说。

"好的，谢谢老师！"立春脸上立马挂上了欣喜的笑，完美得连嘴角的弧度都计算好。

表情库里有好多表情，对着镜子练了千万遍，只为了他看得到自己时，她可以完美无缺。风吹过，一点痕迹也不能留下。

庆功宴的晚上，立春缺了席，给韩教授发短信说抱歉。他也没有回，就算回了也是大约于事无补的。师生一场，其实也不过是师生一场，再往前走一步都是越礼，多说一句话都是逾矩。

她躲在荷里活的咖啡厅，一杯一杯的浓咖啡灌下去，竟觉出一些醉意。

一张脸重重叠叠在眼前，好不容易定了格。

有个声音在说："你好，我叫阿明。"

他又问："你叫什么呢？"

立春摇摇晃晃地坐直了身子，说："我叫立春呀。"

阿明挪开她面前的咖啡，把牛奶推到她面前，似有若无说了一句："我知道。"我终于有机会认识你了。

扫码即听
《这一年来，谁把你的心冻结》

215

番外

岁月长

处暑番外

▶ **1**

他一直在想念她。

她的眉眼、她抽烟的姿势、她笔直的脊梁骨。

于是他打通了她的电话号码。她说过得比他好。

那就好。

▶ **2**

那日陈处抛下顾媚，离了旅馆，独自一人回了家。

他和顾媚缺钱，原本是想回家拿了钱来找她，不想却被绊住了脚。家中出了变故，亟待他拿定主意。两相权衡，他决定留下来打点家中事务，不想一接手就是半年，半年间不曾见过顾媚。

他陆陆续续曾找过顾媚，曾经住过的旅馆她已经check out，电话已经更换，也没有别的渠道能找到她。原以为顾媚于他而言不过是个露水情缘，却不想他自己情根深种，念念不忘。

既已是交了心，又怎能说放就放？

他认定了她。

▶ 3

于情爱一事上，陈处从未有过这样的慌张。他从前的恋爱皆是不温不火、中规中矩、善始善终，他不曾遇到过顾媚这样的恋人，突然闯进来，又消失得无影无踪。报纸上有他的照片，她应当能看到，却从未联系过他，这使得他难以忘怀。她是他的病根，又是他唯一的药引。

离开顾媚半年后，陈处偶然见到她，想方设法问到她的电话，调整好心绪打了过去。

"你好吗？"

"比你好。"牙尖嘴利，一如往昔。

电话这头，陈处不留神，嘴角勾了上去。

她心里还是有他的。

▶ 4

半年前和顾媚共处，日夜厮磨，她很多的社交软件他都不知道。

她的ins、微信，她的日常、她的喜好，陈处了解的并不多。当时在一起，更多是因为两个人的一腔热血。两个人在性格上有着太多相似之处，不由得惺惺相惜，但实际上并没有更多深层次的交流。大概都在心里设了一道防线，不越雷池一步。

如今回想起来，陈处懊恼万分，为何当初要那样小心翼翼，弄得现在要跋涉万重山才能重新回到她身边？

好看的玫瑰那么多，可他非她不可。

▶ 5

出乎意外，陈处顺利地回到了她身边。

他那天西装革履，像往常的每一个星期一样，捧着一大束花在她公司楼下等她，不想碰上她加班。等到了凌晨两点钟，睡眼惺忪间他听得有人说："我想吃7-11的鱼丸，能不能买给我？"果断清脆的声音，听得他一激灵清醒过来。

"好好好。"陈处答她，立身找7-11。

"你等等。"顾媚又叫住他。

陈处驻足，他不知道接下来会发生什么。

"以后别送花了。"顾媚说，语气斩钉截铁。

陈处呆了两秒，才反应过来什么意思，正准备说抱歉以后不会打扰的时候，顾媚说："送点吃的吧，我经常加班，容易饿。"

▶ 6

　　陈处盯着顾媚的眼睛，她的眼角上扬，颇具媚态，而此刻他只看到无穷情意。

　　"除了鱼丸，还想吃什么？"陈处说。

▶ 7

　　我都带给你。

骤雨将歇

小雪番外

同忍冬分手那天，陈处一个人驱车到新界海边散心。

路过一个教堂，下着大雨，他看到顾媚一个人跑了出来，她抱着婚纱裙摆，跑得踉踉跄跄，也不肯脱下高跟鞋，那双鞋的确衬得她的脚极美。

她慌不择路地拦下他的车，径直拉开车门，说："带我走。"

放在往常，陈处不会理会这样送上门来的女孩子。他更喜欢忍冬那样的姑娘，单纯、粗粝，宜室宜家，没有心机，没有野心，放在身边也不会有压力。可是那天，电光石火之间，陈处说："好。"他突然想要接触不一样的女生，跟忍冬不一样的女生。

他带她去商场换下了厚重的婚纱，穿了方便的衣服。顾媚提议说去威灵顿街，于是他们折道去了兰桂坊。

陈处从前没接触过顾媚这种姑娘。他不曾谈过什么恋爱，身边的女性朋友都矜持而克制，不会随便搭讪陌生的男性，更不会第一次见面就邀请男性去酒吧。

陈处觉得新奇，也觉得轻浮。

他知道她是美的，但这样的美并不足以让他心动。从小身边的美人太多，致使他在审美上太过挑剔。顾媚这样的美，带着风尘气，也带着野性，不免混浊了些，使他不想深交。偶然打个照面，就可以各自上路，不再相交。

不只因为顾媚，陈处现下也想喝杯酒。

事情太多，和忍冬分手，又遇上家中变故，不便说出口，只能酒入愁肠，略微舒缓一下。

顾媚只是和他相对无言地坐在酒吧里，偶尔起个话头，也快速冷淡了下去，气氛尴尬而微妙，他们都是话少的人。陈处注意到她挺拔的背，又想起来她踩在雨水里奔跑的高跟鞋，甚觉有趣。落魄至此，也不会自轻自贱。

——大概是落魄吧？毕竟是逃了婚的。

陈处一个人自顾自地想着，看到递到眼前的酒杯，无意识地就接过来一口喝了下去。回过神来发现顾媚冲着他在笑，才反应过来她只是想找他碰杯，不觉尴尬。

"你心情也不好？"顾媚问他。

"你心情不好吗？"陈处反问她。

"谈不上不好……只是有点复杂而已。"这时顾媚的手机再一次振动起来，她犹豫了一下，关掉了手机，继续同他说话，"不如喝酒来得舒服。"

陈处会心一笑，同她的空杯子碰了个杯。

清脆的响声，叮。

威灵顿街的夜晚车水马龙，路过垃圾桶，顾媚向他摊开手，说："借根烟。"

陈处刚翻开衣服内袋的手抖了抖，正准备找打火机点根烟，烟盒还没找到，顾媚不约而同地也想抽烟。

顾媚衔着烟，凑到他面前，示意点火。她眼睛半合着，视线飘向别的地方。陈处给她点上了火，整个姿势说不上的暧昧。他看到了她漂亮的锁骨，一直延伸到肩膀，有凸起的一块骨头，他觉得这样很好看。

两个人蹲在马路边抽烟，有一搭没一搭地聊着以前在这条街发生过的笑话。他忽然扭过头想看看顾媚，却发现在同一时间她也转过头在看他。她的眼睛美得不可方物，陈处几乎要陷了进去。她挺直的脖颈、舒展的肩膀，无处不在昭示她是个骄傲的姑娘。

跟他一样，自负、傲慢、不可一世。

唯一不同的是，顾媚连谦虚都懒得去伪装。

陈处感觉心里有什么东西在迅疾发芽成长，这是种奇异的感觉，跟往常的恋爱全然不同。他从前深思熟虑、瞻前顾后，只想找到一个合适的、可以相伴的人，如今忽然懂得了情爱是什么样的滋味。

是冲动的、不顾一切的，连理智都可以抛弃的。

那就，爱吧。

后记

江湖不见

最后一个故事结束的时候，是在凌晨。敲完最后一个字，像往常一样发给予望，我在StoryBook的编辑。忽然觉得怅然若失，有什么东西画上了句号。

写第一篇故事《立春》时，也是在凌晨，冬天。考试周复习到深夜，出门去24小时便利店找夜宵，途中听到一段有意思的对话，两个小时后，这段对话出现在了我的word里。

"我喜欢能一起聊天的男孩子呀。"立春说，可是阿明不是。

"我可以学的，也可以改的。"阿明坚持说。

"恋爱之中最可怕的就是要被迫改变自己呀。"立春说。

一段果断干脆的分手，成为这一组故事的灵感来源。陆陆续续写了一年的故事，故事里的人情爱推拉，结局不尽相同，但你会发现他们仿佛在你的生活中出现过一般，你会是春分，也会是立秋，每个故事都有着柴米油盐的影子，也有着各自的小宇宙。

这一年里的我自己，所愿得偿，却又一败涂地。我在成都，生着奇奇怪怪的病，谈着无疾而终的恋爱，写着香港的爱情故事，拿到去往香港的录取通知书，要病恹恹地去迎接一个新的环境。在香港，会遇见新的人、谈新的恋爱、学新的东西、找新的美食，连晨跑都要在陌生的道路上。无论如何，那是我想去的地方。

城市和恋爱之间总会有着微妙的牵绊。总有人会因为一段旧事再也不愿意回一座城市，也总有人撞破南墙也不回头，想把丢失的东西捡起来。有人缩在楼梯拐角，打电话哭得声嘶力竭，试图挽回濒危的恋爱关系。与此同时，也有人跟她的男孩儿打着马虎眼，准备开始一段新的恋爱。放在上帝的视角来说，华灯初上，车水马龙，每个人都有各自动人的故事。

我爱你，我不爱你。

我心里还有你。

倒不如相忘于江湖。

你好哇，香港！

再见啦，成都。

嘭嘭

不管是否登对，
请你想爱便爱

在我眼中，嘭嘭是个小女孩，她从来没有去过香港，却凭着想象写下港风十足的《立春》，原本浅尝辄止，不打算续写，最后被我生生逼出了二十四个香港爱情故事。

不是每个人都有探讨爱情的能力，有的人只明白一两种，有的人却明白每一种。

嘭嘭就是属于那个天生对情感话题有触觉的人，她的故事道听途说居多，剧情不算曲折完整，场景对话却真实得很。

从《立春》里的那一场偶遇开始，她在《雨水》里写恋人的劈腿，在《惊蛰》里写姐弟恋，在《春分》里写少女怀春和追爱经历，在《清明》里写情侣受尽百般折磨之后的解脱，在《谷雨》里写单恋无果。她写《小满》里的备胎关系，写《芒种》里的真爱至死，写《夏至》里的异地恋，写《小暑》里的年轻人热恋期，之后又在《大暑》中谈论形而上的精神恋爱，在《立秋》中谈论家庭对婚姻观念的影响，在《处暑》中谈论爱情需要棋逢对手，在《白露》中提出女性不该委曲求全，在《秋分》中写夫妻情分的裂痕，在《寒露》中谈论中年婚姻危机的存在，在《霜降》中谈知己，在《立冬》中谈三角恋和多角恋。到了《小雪》就写和前任纠缠不清的故事，到了《大雪》就写记忆中的异国恋，总算在《冬至》突破暧昧的界限，给《大寒》安排一场忘年恋的话题。

想来，嘚嘚在爱情上颇有建树，否则哪能够篇篇情感点都不同？想象一下，这个小女孩通过互联网与在香港念书的朋友聊天，与在香港长大的朋友聊天，听粤语歌、看港产片、谈恋爱，这一切搜罗信息的行为难道不是很可爱吗？

春雨惊春清谷天，夏满芒夏暑相连，秋处露秋寒霜降，冬雪雪冬小大寒，这是民间传颂的节令歌。2016年11月30日，《小雪》的故事刚刚结束，便听说了这个好消息——我们国家的二十四节气申遗成功。在国际气象界，它被誉为中国的第五大发明，如此一来，将节气特色与人类爱情凑在一起，并且寻找人与自然、人和人之间的关系，又把港风元素安置其中的系列故事，不可不说是作者充满诗意的个人表达。诸如"冬至应食羊肉汤，应团聚"，所以她让故事的主角一个去了香港，一个孤零零在北京——有情人分隔两地，单身汉喜闻乐见。我等抱着嗑瓜子看戏的态度，打从一开始就认准男主角推拉手段一流，在她的笔下，男生让女生自己主动起来，再伺机而动，一举攻下，至于到故事的最后，人虽分散，心却意外团聚在了一起，很有趣。

而读到《秋分》的最后两段，作者描述过去的那些秘密，形容每想起一次秘密都是在"扫心底的雪"，我喜欢这个比喻，它让暗涌的情绪一览无遗，无论韵之、秋平，还是这段不完美的婚姻、不懂事的年少，我都很希望结局停在那碗粥上。

读《寒露》时就很容易想起电影中的画面了，我记忆中，40岁女人的形象还停留在《20 30 40》里，张艾嘉在镜子前手握剃刀，一个中年女人就此打破家庭构建，离婚，开始新生活，这样的抉择非常残酷。再看寒露，这个中年女人的生活十分平庸，爱人又意外无趣，岁月多忘事，它本该活着活着就变得麻木起来，但在生命过半时对爱仍有追问，会纠结于你是不是爱我、你是不是真的爱我。一个四十岁女人的心脏其实和十九岁少女的一样，也是柔软的、脆弱的、需要保护的。

或许这些故事你读完又会是另一番感受，毕竟，你的感受才是这本书真正的意义。除了文本，我们请来粤语主播小黄泥，制作出了二十四节气电台节目。听的瞬间，极容易被带入香港，仿佛你已经在那居住许久，主角们都是你这一年在香港认识的好朋友，生动极了。他们有的懦弱，有的只是故事中的配角，很不起眼，却是各自人生的主角。

那些相似的男女心思，千回百转，历来如此。爱情之所以迷人，是在于转瞬即逝，同样转瞬即逝的还有闪电、流星雨、1994年以前的三峡、夜晚的昙花、断线风筝、你的孩子、只言片语……

人生很可能百年都不到，道理很简单，这本书读完，请你想爱便爱。

StoryBook编辑/予望

图书在版编目（CIP）数据

有你的二十四节气 / 嘭嘭著 . — 南昌 : 百花洲文艺出版社，
2018.4
ISBN 978-7-5500-2585-1

Ⅰ . ①有… Ⅱ . ①嘭… Ⅲ . ①故事—作品集—中国—当代
Ⅳ . ① I247.81

中国版本图书馆 CIP 数据核字（2018）第 014420 号

有你的二十四节气
YOU NI DE ERSHISI JIEQI

嘭嘭 著

出 版 人	姚雪雪	
出 品 人	李国靖	
特约监制	王 瑜	
责任编辑	游灵通　程 玥	
特约策划	王 瑜	
联合策划	StoryBook	
特约编辑	王 婷	
装帧设计	陈 飞	
封面绘图	三 乖	
内文绘图	Lanski　拖延征	
出版发行	百花洲文艺出版社	
社　　址	南昌市红谷滩世贸路 898 号博能中心 Ⅰ 期 A 座 20 楼	
邮　　编	330038	
经　　销	全国新华书店	
印　　刷	北京中科印刷有限公司	
开　　本	880mm×1230mm　　1/32	
印　　张	7.5	
字　　数	150 千字	
版　　次	2018 年 5 月第 1 版第 1 次印刷	
书　　号	ISBN 978-7-5500-2585-1	
定　　价	45.00 元	

赣版权登字　05-2018-32
发行电话　0791-86895108
网　　址　http://www.bhzwy.com
图书若有印装错误，影响阅读，可向承印厂联系调换。